小学館文庫

テッパン

上田健次

JN053953

小学館

テッパン

すっかり西武新宿線の新井薬師前駅は立派になっていた。この立派な駅舎も数年後には取り壊される予定らしい。中井から野方まで、四駅分の線路を地中に下ろし、いわゆる「開かずの踏切」を無くす計画になっている。

駅前の通りを哲学堂公園に向かって歩いても、記憶とは異なる店ばかりが並んでいる。通りから眺めて何であるかが分かるのは、右手に見える東亜学園と、左側の精肉店ぐらいだ。新しく建て直したと思しき精肉店だが、店先でコロッケやメンチカツを揚げており、ラードの香りは私が覚えているものと一緒だった。このまま歩けば左手に目的地である寿司屋があるはずだ。

見知った町であり、初めて足を踏み入れた町でもあるといった不思議な感覚を楽しみながら五分ほど歩くと、思っていた場所に寿司屋があった。しかしながら、こちらも立派なコンクリート造りの五階建てに替わっていて、注意をしていなければ通り過ぎそうだった。しかも寿司屋の入口に暖簾は無く、ガラス格子の引き戸も閉まっていた。

　引き戸には『誠に勝手ながら、本日は十九時まで貸し切りとさせていただきます。なお、十九時半からは通常営業を致します。　店主』といった文句の記された貼り紙があった。手元の時計を見ると十四時少し前で、寿司屋店主から送られてきた案内書によれば、内輪の同窓会はすでに始まっているはずだった。

　黙って戸を引くべきか、携帯電話から連絡の一本でも入れるべきか迷ったが、結局は戸を軽く叩いた。すぐに「はーい」という女の声で返事があり戸が開けられた。

「うわー、吉田君よね？　吉田倫くん。そうそう、ヨシリンだあ」

　そういって子供のころのあだ名を叫ぶと、彼女は私の腕を取って中へと引き入れた。どうやら同級生同士で結婚をした女将らしい。絣の着物に真っ白な割烹着を重ねており、なかなかに立派である。

　足を踏み入れた店内は、建て替えたのだから当たり前と言えばそれまでだが、私の知る寿司屋とは別物になっていた。

「よう、元気そうだな。悪いけど先に始めてるぜ」

　つけ台の向こうで寿司を握りながら店主が言った。幼稚園から中学まで同窓だった男が器用な手つきで寿司を握っている。なんとも見慣れないものだが、様になっていた。大きな寿司桶が三つ。すでに八割ほど寿司が収められていて、あとはいくつかの巻物で仕上がるといった具合だった。「ああ」と曖昧な答えを返し、女将に背中を押されて座敷に上がると、悪友たちがビールジョッキや焼酎の割りものが入ったグラスを片手に談笑している最中だった。

「じゃーん。ヨシリン到着でーす」

女将がそう言って私を座敷の奥へ座らせた。腰を下ろすと、店主が小さなグラスと瓶ビールを手にしてやってきた。グラスの一つを私に握らせると店主はビールを注いだ。返す手で自分のグラスにさっとビールを注ぐと、小さく咳払いをし、雑談を遮った。段取りの良い所は、学級委員としてクラスを仕切っていた昔と変わらない。

「ほら吉田、お前が到着するのを待ってたんだからな。ともかく、暑い中おつかれさん。とりあえず乾杯」

店主は一方的に乾杯を宣言すると、ビールを飲み干した。すぐに腰をあげると、女将とともにつけ台に寿司桶をとりに戻った。

「美代子、亭主は酔っ払うつもりだぞ。夜の営業は大丈夫か？」

「大丈夫。暖簾分けした次郎ちゃんが夫婦で手伝いに来てくれるから。だから今日は私も酔っ払っちゃうんだあ」

寿司桶を手に座敷に上がりながら女将は悪友の問いに答えた。

「たまには、いいだろう。うまい肴、うまい酒を知らない人間が、それを提供するなんて、土台無理なんだからさ」

女将の後を追って寿司桶を掲げた店主はそう言った。

店主と女将が座卓に寿司桶を広げると、雑談が再開し、皆が勝手に飲み食いを始めた。女将に促されて私も寿司に手を伸ばした。丁寧に仕事が施された握りは絶妙な塩梅だった。もっとましな説明がありそうなものだが『うまい』という言葉しか頭には浮かばなかった。

日本を離れて随分と経つ。もちろん、異邦でも、それなりの寿司を食べられる今日ではある。しかし、それは一流ホテルに出店しているような高級店に限られた話であり、こうした町の寿司屋で、このようなものが気軽に口にできるようになるまでには、まだ相当の時間を要するだろう。

もっとも、こんな気持ちも勝手なもので、その土地に合わせて自由気ままに変化する方が、寿司らしいのかもしれない。カリフォルニア・ロールは寿司か否かを問うテレビ番組を見たことがある。けれども、それは無駄な議論だ。食べたい人がいて、それを寿司だと認めれば、十分に寿司だと思う。まあ、そんな屁理屈は頭をかすめる端から消え去ってしまうほどに、同級生が用意してくれた寿司はうまかった。

「ヨシリン、良かったらこれも食べて」

女将はそういって、いくつかの皿や小鉢を並べた。揚げ出し豆腐、茄子の煮びたし、冷やした茶碗蒸し、キャベツと茗荷の浅漬け。

「これはお店のものじゃなくて、私が作ったの。だから、ぼんやりした味だと思うけど……」

横で他の雑談に興じていた店主が私に向き直って補足した。

「吉田がさ、久しぶりに帰国するって聞いて、こいつはちょっと張り切ったって訳さ。『おふくろの味を食べさせる!』だって。大げさだろ? 今どき、どこでだって和食なんて食べられるんだからさ」

店主は次男で、この店を継ぐ予定ではなかった。長男である実兄が継ぐはずだったが、癌で早世している。もっとも「こいつの方が筋は良い」と先代から言われていた店主は、あちこちで修業をし、その後はいわゆる〝流しの板前〟として、海外を転々としていた。私が暮らす街でも一時期働いており、そのころにばったりと日本の食材を扱うスーパーで再会し、互いに驚いたものだ。

「どこでも食べられるのは、調理する腕前のあるお前さんが、醬油だの味噌だのといった調味料をもっている場合だけだ。少なくとも冷凍や缶詰でほうれん草のおひたしは作れないだろう？」

店主は小さく笑うと「違いねぇな」と答えた。

しばらく談笑が続くと店主が立ち上がって口を開いた。

「じゃあ、酔っ払って訳が分からなくなる前にご開帳と行こう」

そして後ろの襖(ふすま)を開いた。襖の向こうには似たような座敷が続き、その真ん中には、青いビニールシートが敷かれ、みかん箱ほどの大きさの木箱が置かれていた。その場の全員が腰をあげ、店主の後を追って隣室に移った。

木箱の天面には、引き戸の貼り紙とよく似た筆跡で『この箱はタイムカプセルです。開封・破棄することはご遠慮願います。区立第五中学校　三年A組一同』と大きく記されていた。その下には封印日と連絡先としてこの寿司屋の店名と電話番号が書かれていた。

「しかし、よく残ってたね。捨てられずにさ。自主的に引き取りになんて行かないよね？　やっぱ学校から連絡でもあったの？」

木箱の蓋(ふた)に貼られたガムテープを引き剝(は)がしながら悪友の一人が尋ねた。店主は首を振りながら答えた。

「いや、一番下の子が四月から五中でね。昔と変わらずＰＴＡの役員は地元で商売している人間に回ってくる訳よ。で、秋の運動会の準備で校庭の倉庫を整理していたら偶然見つけたんだ」

「ふーん。俺達が仕舞った場所にそのまま残ってたんだ」

「ああ。最上段の一番奥にまんまあったよ。三十年以上もほっぽったままだったから、埃まみれで持って帰ってくるのに一苦労だったぜ」

悪友がガムテープを外すと、店主は蓋の隙間にバールを差し込み、腰に力を入れてねじ開けた。すると、ボコッという鈍い音を立てて蓋が外れ、箱の中からは、三十数年前の空気が埃と一緒に舞い出てきた。一番上には修学旅行で撮影したクラスの集合写真がのせられ、その下にはＡ４の茶封筒が隙間なくきっちりと詰められていた。

「そういえば梅子には声をかけなかったのか？」

集合写真を取り上げながら、私は店主に向かって問い掛けた。写真には担任の梅子を囲むように中学三年生の私たちが写っていた。

「連絡をしてみたんだが、数年前に他界されてた」

店主はちらっと女将を見やった。

「私がね、卒業名簿に載っている連絡先に電話をしてみたら、お嬢さんが出られたのよ。先生に連絡を取りたいとお願いしたら『亡くなりました』って。定年退職されて一年が過ぎたころに……。六十ちょっとなんて、まだ若いのに……、今どきさぁ」

　店主は箱の中をまさぐりながら、話を引き継いだ。

「今になって思うけど、梅子はいい先生だったよな。明るくて、あっけらかんとして、それでいて、生徒を大切にする熱いところもあって……。親父が言ってたよ『いい人ほど、早死にする』って」

　店主の言葉に私はだまって頷いた。

「けどさあ、お前らは梅子の『クラス内恋愛禁止令』に背いたんだよな？」

　悪友の一人が店主と女将に向かって言った。すぐに女将が言い返した。

「あっ、それさぁ、私たちは許しをもらってるんだもん。梅子は付き合うのはいいよって。その代わり別れないこと！　もしくは別れても引きずらないこと！　って。『同窓会は全員参加！　元カレだの、元カノだのに会うと気まずいから来ないってのはなし！　必ず私に元気な姿を見せること！』って言ってたじゃん」

「それにさ、俺たちの結婚式に来てくれて、スピーチのときにちゃんと『クラス内恋愛禁止令を特別解除』って言ってくれた。その代わりに『浮気禁止令』と『離婚禁止令』が出されたけどな」

店主は手を動かしながら言葉を続けた。

「まあ、梅子は所在が分かっただけましさ。卒業名簿を頼りに片っ端から電話をしたけど、大半は連絡がつかなかったからな。３Ａの四十名で俺と美代子が今でも連絡が取れるのは男女合わせてお前らだけだ。まあ、梅子が希望していた『全員参加』の同窓会はできず仕舞い……。ちょっと申し訳なく思うよ」

箱から取り出された茶封筒は一つひとつに持ち主の名前が記され、厳重に封がされていた。店主は封筒に記された名前を確かめながら、丁寧に取り出しては畳の上に並べ置いた。

「わあ、私のだあ」

女将が自分の封筒を見つけると、嬉しそうに封を開け、中身を取り出し始めた。大半はアイドルのブロマイドや『明星』『平凡』といった芸能雑誌だった。

「美代子、見せてよ」

女将と仲が良かった女性のクラスメイトが早速思い出の品に夢中になった。悪友の一人が自分の封筒を開けると、中からは猫が不良の格好をした『なめ猫』の写真をあしらった缶ペンケースや、当時新型が出たばかりのトヨタソアラと、日産スカイラインジャパンのカタログ、タオル地でできたリストバンドが出てきた。タイヤ以外はほぼ全て直線でデザインされた二台の車、ダボダボのズボンとキャッツアイ形のサングラスをつけられた猫、葉っぱロゴの刺繍が入ったタオル地のリストバンドを眺めているうちに、私の脳の片隅で記憶の木箱の蓋が開き始めていた。

「おい、吉田。お前のだぞ」

私も店主から茶封筒を受け取った。畳に座ると、乱暴に封を切り、そのままひっくり返して中身をぶちまけた。『ドスン』という音を立てて、ナイロン袋に入った折り畳み傘ほどの大きさの品物とB5サイズの灰色の封筒、それと小さく折りたたまれた紙きれが出てきた。それらは記憶をこじ開けるまでもなく、中学三年の夏に私が出会った同い年のテキ屋との思い出の品だった。

マジックテープで閉じられたナイロン製の袋を開くと、ところどころひび割れたゴムのグリップがついた伸縮式の警棒が出てきた。ぐっとつかみ、軽く手首を振ると、曇り一つなくステンレスが六十センチの長さまで伸びた。

「変わったものを入れてたんだな」

寿司屋の店主は私の手から警棒を取り上げると、先端を自分の腿に当てて元のサイズに縮め、私と同じように手首を振って伸ばし、片手で軽く振り回す仕草をした。

「このシャキッと伸びる感じがなんとも言えないよな。こいつを持っただけで強くなったような気がしたもんだ。でも、お前がこんなものを持っていたなんて知らなかった」

「ちょっとしたことで手に入れたんだけど、家に置いとくわけにもいかなくて。で、まあ、ちょうどタイミング良くタイムカプセルの話があって、これ幸いとばかりに、手元にあっちゃあまずい物を全部放り込んだ訳だ」

「じゃあ、この封筒の中身も同じようなものか？」

店主は警棒と交換で手にとった封筒を開けた。中からは松田聖子のようなダンダンヘアーに濃い化粧をしたセーラー服姿の女が、自分の陰部を押し広げている写真が表紙となったビニ本が出てきた。寿司屋の店主は「なつかしい！」と言葉を漏らしパラパラとめくり始めた。興奮した声を上げる旧友たちを眺めながら、私は残っていた小さく折りたたまれた紙切れをポケットにそっと仕舞った。その紙切れについて、私の記憶はすでに鮮明に戻っていた。

一

八〇年代に中学生活を過ごした世代にとって、三年の夏休みと言えば「夏期講習」に尽きる。私が通っていた区立中でも都立上位校や有名私大付属校への進学を希望する生徒は一・二年生のころから学習塾に通っていたし、そうでない生徒でも三年生の夏休みはドップリと受験勉強に浸かった。

私の場合は両親がノンキな事を良いことに、三年の一学期を終えるまで教室以外で一切の勉強をしなかった。当然の結果として、成績は5段階評価の3が大半を占め、唯一好きな英語だけは5だった。もっとも、生来の真面目（まじめ）な性格が先生方に気に入られたのか、2や1はとったことがなく、無遅刻・無欠席で、掃除や委員会活動などもサボらずに参加しており、いわゆる『内申』は比較的良いものが期待できそうだった。塾や予備校にも通わず、放課後の大半を柔道部とESSの練習や、悪友たちとの遊びに充てていたのだから十分な成績だと、これまでは割り切っていた。

しかしながら、バブル世代である私たちの受験は『戦争』と表現されるほどに厳しいもので、真面目に学校の勉強だけをしていて何とかなるものではなかった。当然ながら高校進学で選り好みはできず、夏休み前に行われた三者面談では、担任教師の梅子から「このままでは一流大学へ進学できるような高校に合格することは無理ね」と申し渡された。

自分の素行から考えれば実に現実的だったが、母にしてみれば息子の成績がそんなにも悪かったことが驚きだったらしく、その晩は仕事から帰る父を待って、ちょっとばかり深刻な家族会議となった。

普段の父は出張やら、接待やらで、平日の夕飯を家でとることは滅多になかった。しかしながら、その日は母が強く早い時間の帰宅を希望したようで、午後六時には戻ってくると言う。父の早い帰宅の目的は三者面談の話にある訳で、きっと母も気が重いだろうに、普段通りに夕飯の支度をしていた。不思議なことに、その後ろ姿は、なんだか浮き立っていて、鼻歌が聞こえてくるようだった。どんな理由があるにせよ、母は父の早い帰宅が嬉しいのだろう。

そんな背中を目の端でとらえつつ、食卓で早めに配達された夕刊を眺めている私に

「ちょっと、ひまなんだったら、おつかいして」と母は言った。

「お豆腐屋さんで絹ごしをひとついただいてきて」

そう言うと『おつかい』用の小銭入れと、豆腐が一丁入るぐらいの大きさの鍋を寄

越した。

「転ばないでよ！」

豆腐屋におつかいに行かされるたびに聞かされるセリフを母は笑いながら言った。幼稚園に入園するかしないかといった小さなころに、自分から「僕が行く！」と言い張って、無理をして豆腐屋に行ったは良いけれど、帰り道に転んでしまったことがあった。その話を母は随分と気に入っているようで、何回聞いたか分からない。「あんたはね、転んでアゴや膝を擦りむくほどの怪我をして、ご近所中が心配するほど大きな声でわんわんと泣いて帰ってきたけれど、お豆腐の入ったお鍋だけは、ひっくり返さなかったんだよ」と。

私がおつかいから戻るのを見計らったように父が帰宅した。今どき、そんな家はないだろうが、当時の我が家では、父が帰宅すると母と私の二人で必ず出迎えた。気温も湿度も高く、暑いだろうに、父はネクタイをキッチリと締め、上着を羽織っていた。「ただいま」と応えると、何時ものように出迎えた母に鞄を預け、上がり框に腰を下ろして丁寧に紐をほどいて靴を脱いだ。そして、そのまま脱衣所に直行すると上着から靴下まで全て脱ぎ去り一番風呂に浸かる。母は父の後をついて回り、甲斐甲斐しく世話を焼いていた。きっと私の存在を忘れているに違いない。

風呂からあがると父は晩酌を始めた。父が食卓についているときは、私も席で相手をすることになっている。とはいっても、特に話をするでもなく、二人でプロ野球のテレビ中継を眺めていた。時折ホームランがでたり、ファインプレーなどがあったりすると、「おおっ」といった言葉が思わず漏れるだけで、あとは二人とも黙っていた。

　テレビの画面をぼんやりと眺めながら、父はいつものように静かだった。父が家で夕飯を取る際には、母は必ず肴に豆腐を出す。夏は冷奴、冬は湯豆腐。それ以外を出されているところを見たことがない。

　そして、これもいつもの事だが、父は小さな猪口（ちょこ）に粉辛子を小さじ一杯ほど入れると、焼酎の水割りにと用意された水差しから数滴を垂らし、丁寧に箸でかき混ぜ始めた。じっと、猪口の中を見つめながら、丁寧に、丁寧に、混ぜ続ける。ほどなくして、卓を挟んで反対側に座る私にまで、つーんと響く辛さが漂ってきた。父はおもむろに手を止めると、箸の先で、ほんのひと摘（つま）み真っ黄色の辛子を取ると、冷奴にちょこんとのせ、その一角を箸で崩し取り、口へと運んだ。軽く数回嚙（か）むと、左手でさっとビールを流し込む。きっと、辛子が効いたはずなのだが、表情にでることはない。

　このような、どうでも良いことばかり覚えている。夕飯の献立のことも。この日の夕飯は薄く切った茄子をごま油で炒め、ポン酢で味を調（ととの）え、刻み大葉をまぶしたもの。

オクラの煮びたしにたっぷりとけずった鰹節をふり掛けたもの。タコと胡瓜にワカメの酢の物。紅生姜とスルメの天ぷら。牛肉の西京漬けを焼いたもの。お椀は浅蜊の味噌汁。どれも父の好物ばかりだ。

　そのくせ、その晩、どのような話し合いをしたのかは全く覚えていない。食事の間中、三者面談の話には一切触れず、ようやく本題に入ったのは、食後のお茶になってからだった。それぞれに湯呑みが配られると、私の顔をみて父は口を開いた。

「お前は将来どうしたいんだ」

　そんなことを考えたこともなかった私は、まともな返答ができなかった。

　そのあと随分色々と話したが、最終的に偏差値55以上の都立高校に入学できなければ自衛隊に入隊させるか、伝統工芸職人に弟子入りをさせると父は宣言し、その場を立った。あまりに唐突で乱暴な父の物言いに、私はただ呆気に取られるばかりだった。

「どう？　驚いた？　あんな父さん初めてでしょ」

　意外に冷静に成り行きを見守っていた母が、珍しく神妙な顔で言った。

「父さん、顔に出してなかったけど、相当ショックだったみたいよ。成績のことよりも、自分の将来について、まともに答えられなかったことが気に入らないのかも。まあ、でも、お前のことは私が一番よく分かってるけど、不器用だから自衛隊に入っても、職人になっても大成しないわよ。特別に難しい所へ行けと言っている訳ではないのだから、ひと夏必死に勉強をして、きちんとした高校に行きなさい」

　そして整理タンスの小引出しから一枚のパンフレットを取り出して私の前に置いた。それは夏期講習の案内書だった。

「お前に無断で悪いなあとも思ったんだけど、申し込みをしておいたから。結構な受講料だから、ちゃんと通って勉強するんだよ」

　こんな経緯（いきさつ）で中野駅近くの文化センターを会場にした夏期講習へと通う羽目になった。終業日に悪友達に事情を聞けば、彼らも一様に夏期講習に通うと言う。しかし、私の通う中野文化センター会場ではなく、近所の上高田地域センター会場だと言う。ここに到って母の思惑が幾分か理解できた。主体性のない私が悪友に誘われて近所の会場に通えば、講義に身が入らず、金をドブに捨てる結果になると思ったのだ。だったら先手を打って文化センター会場に申し込み、父の威光を借りてまじめに勉強することを約束させた方が良いと踏んだわけだ。十五歳にもなって受講会場一つ自分で決められないとは情けない……、そう思ったことを今でも覚えている。

二

夏休みに入って少し過ぎたころの月曜日。夏期講習が始まった。会場の文化センターに到着すると、そこには他校の生徒があふれており、柔道部の活動を通じた知り合いが数名いるほかは大半が顔も知らない連中だった。受付で申込票を提出すると、模擬テストの結果で5段階に区分されたクラス名が大きく印刷された受講票が渡された。

「吉田さん、吉田倫さん。えーと、Bクラスです。教室は二階の中会議室A。受講票の右下にある番号が書かれた席に着席してください」

受付係が指差した階段を上ると二階の廊下で顔見知りの他校生と鉢合わせた。そいつの受講票には『E』と記されていた。奴は私以上に中学生活の大半を柔道に捧げた男だった。

「よう、吉田じゃねえか。地元の会場に行かなかったんだな」

「うん、申し込むのが遅くて……、もう定員いっぱいだった。中央中の人はここなの？」

会場選択の経緯について咄嗟に嘘がでた。いちいち事情を説明するのが面倒だったこともあるが、本音のところは親に勝手に申し込まれたことを知られたくなかった。中学生なんて、どんなに大人びた振りをしていても所詮(しょせん)は親の経済的な庇護(ひご)の下で生活をしているのだから、行動に対していちいち口を出されても文句を言う資格はないし、それを恥じる必要もない。しかし、友達の前でそんな素振りや発言をすれば、子供扱いをされるし、自分でもそんなことは恥ずかしくて嫌だった。

いつ頃からだか、悪友たちとの間で、何をやるにも、やらないにも、親の言いつけに従っているなんてことは、それだけで格好が悪く、子供のすることだという認識があった。それは自分から相談を持ちかけるのもダメで、ましてや一方的に指図を受けるなんて、もってのほかだった。

「ああ、まあね。でもうちらの学校じゃあ、できる奴らは代々木あたりの予備校に行くから。この会場に来ているのは俺みたいな部活どっぷりだった奴が多いよ。でさ、お前クラスは？」

そう言って、そいつは『E』クラスの受講票をヒラヒラさせた。私も受講票を見せた。

「へえ、B。意外」

「英語がまあまあだからね。あとの科目はどれも微妙……」

「ふーん。何か一つでも得意なのがあるといいよな」

並んで廊下を歩き出すと、ほどなくしてBクラスの会場があった。そいつは廊下から中を覗(のぞ)き込むと、顔色を少し変えて私に目配せをし、足早に廊下を進んで行った。何かあったのかと私も追いかけると、小声で耳打ちされた。

「やばいな。東屋(あずまや)がいるぞ」

「あずまや?」

東屋は珍しい苗字である以上に、その素行の悪さで区内中の中学に知れ渡っている不良の名前だった。

「どいつだ?」

「グレーと紺のポロシャツを着たのがいただろう？　あれだよ」

戻って確認しようとすると、そいつは慌てて私の腕をつかんだ。

「馬鹿、よせよ。からかっていると思われるぞ」

そう言って私を制すると、つけ加えた。

「いいか、基本的に東屋は大人しくしていればつっかかってこない。とにかく、関わらないようにしろよ。でも、まあ、あいつがBとはびっくり。じゃあ、うまくやれよ」

そいつは忠告を私の耳に投げ入れるように呟くと、自分の教室へ歩いていった。どうしたものかと思ったが、廊下で佇んでいても仕方がないので、あきらめてBクラスへ向かった。

入口から中を覗きこむと、右端窓際の前から三番目の席にグレーと紺のポロシャツを着た後ろ姿があった。パッと見た風貌からは不良らしいパーマや染毛、剃り込みの類はみつけられず、知らされていなければ、有名な不良だとは分からずに気軽に話しかけてしまいそうだった。

私は受講票に記入された『十一』という番号を確認し、教室内へと入って行った。机に記された整理番号を頼りに十一番の席を目指して行くと、そこは東屋の左隣だった。私の前後には中央中の生徒と思しき女子が座っており、私は素直に十一番に座るしかなかった。

幸いにも、すでに講師席には塾名が刷り込まれた腕章をはめたスーツ姿の男性が座っていた。時折腕時計に目をやりながら、受講生の着席状況を確認し、配布するプリントの枚数を数えたりしていた。私はノートや筆記用具を取り出し、空になったカバンを机下に仕舞う振りをしながら、右横に座る東屋を盗み見た。

私が右に振った視線の先で東屋は頰杖をつきながら、広げたノートの上に重ね置いた文庫本を読んでいた。その顔は日に焼けていて浅黒く、少し長めの髪を額の中心よりも右よりで自然に分けていた。紺とグレーのポロシャツは胸にスポーツメーカーのロゴなどが入っていない代物で、とても普通の中学生が身につける品ではなさそうだった。腰下にはカーキ色のチノパンツと、薄茶色のデッキシューズを素足に履いていた。その洒落たポロシャツを着て文庫本を読んでいる姿を見る限り、良家の御曹司といった感じで、とても区内〝最凶最悪〟の不良には思えなかった。

視線を送る私にしてみれば一瞬のつもりだったが、晒される側にしてみればジッと見つめられていると感じたのかもしれない。頬杖をついたままの姿勢で私に振り向いた。

「何か用か」

その声は中学生のものとは思えないほど低く落ち着き払っていて、質問をしているだけにもかかわらず、私を震え上がらせるのに十分な迫力があった。どうやって取り繕うべきかと迷っていると、助け舟のように始業のチャイムが鳴った。講師が起立し、カリキュラムの進め方について話し始めると、意外にも東屋は素直に前を向いて説明に耳を傾けた。

こうして、東屋と私とのファーストコンタクトは有耶無耶に終わった。

学校の授業と夏期講習との一番の違いは、カリキュラムひとコマ当たりの拘束時間が長いことだった。休憩を挟まずに八十分の講義を受け続けるのは、四十五分授業になれた中学生にはあまりにも長かった。講義開始から五十分を過ぎたころ、そこかしこで私語が始まり、さらに数名の生徒は机に突っ伏して寝入り始めた。講師は大半の受講生が脱落するのも構わず、カリキュラムを予定通りこなすためにかなりのスピードで講義を続けた。

　私は得意の英語であったことでなんとかついていくことができたが、六十分を過ぎるころには集中力もついに切れた。それと同時に自制心も弛(ゆる)み、無意識に右手側に視線を向けてしまった。すると視界の先には真剣に講義を受ける東屋の姿があった。まじめな眼差(まなざ)しを講師に向け、テキストやノートに書き込みをしている様子はどう見てもマトモな受験生にしか見えなかった。不躾(ぶしつけ)な視線にも構わず、東屋は一時間目が終了するまで集中力を途切れさせずにいた。

　チャイムが終了を告げるのと同時に、講師は慌ただしく明日の予習プリントを配布すると、急いで教室から出て行った。すると東屋が私に向かって言った。

「おい、お前。俺に何か言いたいことでもあるのか？」

ごく普通の音量であり、別段怒ったような口調でもなかったが、周囲の連中は一瞬にして凍りついた。そして、自分には関わりがないと主張するように、そそくさと席を立って廊下へと消えていった。どうしたものかと逡巡する間もなく、東屋が席から身を乗り出すようにして私に肉迫した。

「いや、別に。ただ、ぼーっとしていただけ」

心底怯えていたにもかかわらず、私の口からついて出た言葉は不思議なほど無愛想だった。

「へえ。じゃあ講義が始まる前のは？」

「何を読んでるのかなぁと思って……」

東屋は『ふーん』といった感じで軽く息を吐きながら後ろに重心を倒し、右腕で頬杖をつく姿勢になってボソッと答えた。

「『羅生門』」

「芥川龍之介の？」

「ああ。その『羅生門』。俺がこんな本を読んじゃあ変か？」

そう言って東屋は机下からカバーの剝ぎ取られた文庫本を取り出すと、私に向かって表紙を見せた。私はチラッとだけ見ると、『ああっ、そう』といった仕草で軽く頷いた。ここまでからまれたら仕方がない。腹をくってぶっきら棒に答えた。

「そっか。映画をテレビで見たことはあるけれど、小説は読んだことがないな。芥川龍之介で僕が読んだことがあるのは『蜘蛛の糸』ぐらい」

「ふん」

不機嫌そうに鼻を鳴らすと、不意に東屋はニヤッと笑みをこぼした。弛んだ東屋の頬を見た瞬間にこちらの緊張も切れた。

「まあいい。俺が中央中の東屋だと知ってるのか？」

こちらの一瞬の隙を逃さずに東屋が言葉を発し、同時に私の目を直視した。直接的に肉体を拘束されている訳でも、怒号や汚い言葉で恫喝されている訳でもないのに、なぜか取り調べを受けているような錯覚に囚われた。

「うん、知ってい……るよ」

思わず「知っています」と敬語で答えそうになるのを必死に我慢した。

「他校のお前が、どうして知ってる」

どう答えれば揉めずに済むかと考えようとしたが無駄だった。目を直視されるだけで、こんなにも心理的に不安定な状態に陥るとは思ってもみなかった。

「有名人だもん。薬師の縁日で大ゲンカをして三十人以上ぶっ飛ばしたとか、一中から十三中まで順番に遠征して全部潰したとか。そんな噂話はうちの女子でも知ってる」

柔道で相手の視線から目を逸らさない修練を積んできたことが奏功したのか、東屋が飛ばしてくるガンから逃れたい誘惑に負けずにすんだ。そして口を開き続けているうちに、不思議と恐怖感は薄れていった。東屋は急に興味を失ったように顔を逸らすと、軽く頭を振り席から立ち上がった。

「そんなのは、実際の現場を見てもいない連中が面白おかしく誇張してるだけだ。馬鹿馬鹿しい。言っておくが、俺には人にじろじろ見られて喜ぶ趣味はない。お前とは今日が初めてだから大目にみてやる。でも、これ以上、意味もなく人の顔色をうかがってると、ケンカを売ってると判断するからな」

そう言い捨てると東屋は静かな足取りで廊下へと消えていった。ふと気がついて教室を見回すと、私以外には誰も居なかった。取り残されたように席に座る私の横に東屋の机があった。その机には次の講義で使用する数学のテキストとノートが揃えて置かれ、その上に『羅生門』の文庫本が重ねてあった。ノート、テキスト、文庫本の三冊は底辺と左辺が揃えて重ねられ、測ったように机のまん中に置かれていた。

結局、その後は何も起こらなかった。ほかの教科についても東屋は驚異的な集中力を示し、クラスの大半が脱落する内容にも、ついて行っている様子だった。私も右側に視線を振ることが出来ない以上、前方の講師と、左側の壁以外に顔を向けることができず、結果的に講義に集中せざるを得なかった。

　全ての講義が終わると、東屋はテキパキとした手つきで片づけ、机と椅子をキチンと揃えて教室から出て行った。対照的に私はなかなか席を立つ気力が湧かずグズグズとしていた。

　トロトロと帰り支度をしていると、廊下から例の柔道仲間が入ってきた。

「おい、大丈夫だったか。早速因縁を付けられたらしいじゃないか」

　口調は心配げだったが、その表情には好奇心が浮かんでいた。中学生にとって他校生同士のケンカほど身近で興奮に満ちたニュースはない。

「大丈夫。一時間目の休み時間に少し話をしただけ」

　そいつは『へえ』といった仕草で手を広げた。

「それだけ」

「うん。それだけ」

　私の答えに、そいつは拍子抜けをした表情で出て行った。去り際に今朝方と同じ忠告を残して。

「でもまあ、今日は奴の機嫌が良かったか、気まぐれだったか、いずれにしても運が良かったんだ。くれぐれもうまくやれよ」

翌日、私が会場に到着すると、すでに東屋は着席していて、昨日と同じ姿勢で文庫本に視線を落としていた。今日の東屋は薄い緑のサマーセーターとジーンズ、足元は白のキャンバススニーカーで、やっぱり区内一の不良には見えなかった。

「おはよう」

曲がりなりにも昨日会話をした手前もあるし、柔道場に長く通っている習慣で着席時に軽い挨拶が出てしまった。東屋は右手の頬杖をそのままに、少しだけ顔を左に傾けると軽く頷きながら返答した。

「おはよう」

私の席を前後で挟む女子生徒は、私が東屋と挨拶を交わす様をみて驚きを隠せないようだった。東屋は直ぐに顔を戻し、文庫本へ視線を落とした。そして、また昨日と同様の講義が始まった。

最後の講義が終わるのは午後三時を過ぎたあたりで、外はまだまだ暑い。とてもこの炎天下に自転車を漕いで帰宅する気力はなく、必然的に文化センター隣の中野区立中央図書館で復習を兼ねて涼むことになる。しかし、大半の受講生が同じことを考えるようで、館内の机はいつも満席だった。

空席を探して館内を歩き回ったが生憎と都合の良い場所を見つけることはできなかった。あきらめて図書館の入口に戻ると、文化センター最上階に設えられたプラネタリウムの告知ポスターが目に入った。ここのプラネタリウムは小学生の時に理科の授業の一環で来た覚えがあるが、それ以来入ったことがなかった。ポスターの上映時刻欄を見ると、まもなく午後の部が始まるところだった。しかも、学生証を提示すれば、たった三十円で見ることができる。

プラネタリウムに関心があった訳ではないが、エアコンは効いてるだろうと期待して足を向けた。行ってみると、すでに場内は薄暗く、足元の案内灯だけがほのかに輝いていた。適当に着席し、思いっきり背もたれを倒すと、寝転ぶような格好になった。私が横になるのを見計らったかのように、マイクにのった係員の声が場内にながれ、一気に照明が落とされた。スクリーン用の羅紗が張り巡らされたドーム状の天井に満天の星が映し出された。作り物と分かっていても、その美しさは素晴らしく、単純な私の頭はあっという間に夜空に引き込まれていった。

眠たげな係員の声が人工の夜空について説明を始めた。その耳障りな声から逃避する思いでカバンからウォークマンを取り出し、ヘッドフォンを耳にあてた。再生ボタンをそっと押すと、耳元でミルト・ジャクソンのバイブラフォンが鳴った。バイブの響きを耳にしながら、漆黒の夜空に瞬く星群を見ているると、あお向けに寝転んでいるにもかかわらず、夜空が映った深い井戸の底を覗き込んでいるかのような錯覚に襲われた。

係員が終了を告げ、急に場内の照明が点った。時計を見ると予定通りに三十分が過ぎていた。それだけの時間が過ぎたと言われれば、確かにきっちり三十分が経過したようでもあり、もっと短く、例えば二、三分ほどのようでもあり、もっと長い時間が経過したような感覚もあって、気だるく不思議な気分だった。この感覚は以前にどこかで味わったような気がするなあ、と漫然とした頭で背もたれを起こすと、同じようなタイミングで姿勢を戻す東屋と目があった。

東屋は正面に座り、私と同じように首にヘッドフォンをかけていた。どうしたものかと迷って椅子に座っていると、東屋がこちらに向かって歩いてきた。

「偶然か?」

ヘッドフォンを外し、コードでウォークマンと一緒にぐるぐると丸めながら東屋は質問を投げつけてきた。その声は教室と同様に落ち着き払っていて、怒りや挑発といった感情は微塵も混じっていなかったが、受け取った人間を緊張させ、不安にさせるのに十分な迫力がまざっていた。

「……うん、偶然」

見下ろす東屋と見上げる私。まるで訊問だ。硬直する私を救うかのように係員が場内から立ち退くように言い急かした。

東屋は顎先で『ついてこい』と命じ、先に立って歩き出した。後を追って廊下に出ると、休憩用ベンチに荷物をおき、自動販売機で紙パック飲料を購入していた。近づくと東屋は手にしていたイチゴミルクを私に向けて放った。

「飲めよ。おごりだ」

そう言うと自身も紙パックにストローを突き刺し、ベンチに腰をかける。私も東屋と並ぶように座るとイチゴミルクに口をつけた。

「ありがとう……」

私が礼を言うと東屋は軽く頷き、正面の窓を眺めながら場内の続きに戻った。

「で、本当に偶然か？　それとも昨日の続きか？」

挑発行為と取られかねないと思いながらも、思わず深いため息がもれた。やっぱり区内ナンバーワンの不良は因縁を付けるのが上手だと思った。まじめに勉強をしにきたのに、なんでこんな面倒な奴にからまれる羽目になるのかと腹立たしくなってきた。

「本当に偶然。あのさあ、君と鉢合わせると分かってたら来ないよ」

東屋はチラッと横目で私を見ると、鼻先でフンと笑った。

「今のは十分ケンカを売っていると思うけどな。お前、柔道かレスリングをやっているだろう。タイマンなら俺に勝てるとでも思ってるんだろうけど、格闘技とケンカは別モノだ。やめとけ。それに俺は単にイキがっている不良とは違う。ケンカになったら、なりふりを構わず勝ちに行く。なめていると怪我するぞ」

「だから……、なめてないし、ケンカをするつもりもない。確かに柔道を十年やってるし、黒帯だ。だからケンカはしない。そう、黒帯をもらったときに決めたんだ。だから、どうしても勝負しろって言うんなら一方的にやられるだけだ」

言っていることに嘘はなかった。だから東屋ほどの相手でも声を震わせることなく言えたのだ。講道館の段級審査には年齢制限があって、初段は満十四歳になるまで取得することはできない。五歳から始めて十年間、最低でも週に一回は道場に通い続けてやっと手にした黒帯だった。それだけに思い入れも強く、初めてそれを腰に締めるときに、ケンカはしないと決めていた。

東屋は首から上だけを私に向け、ジッと見た。正直に言うと、何時手を出されるかと思って身構えていた。しばらくすると東屋は納得したように頷いた。

「そうか。じゃあ俺の勘違いだったんだな」

そう言って東屋は紙パックの中身を飲み干すと、三メートルほど離れたゴミ箱に目掛けて投げ入れた。

「……上手だね」

私は素直に感心した。私も残っていたイチゴミルクを一気に飲み干し、ゴミ箱を狙ったが、左にそれて床に落ちた。中身がなくなった紙パックは意外にコントロールが難しく、三メートルほどの距離でも簡単には入らない。東屋はカラカラと乾いた笑い声をあげた。

「ボールを投げるのとは勝手が違う。ストローを刺すあたりに人差し指と中指をそろえて当てて、ダーツみたいに手首のスナップだけで投げるんだ」

東屋はベンチから立ち上がると、床に落ちた紙パックを拾い上げ、元の場所からさらに数メートル離れた位置に腰を下ろした。視線で『見てろよ』と合図すると、スパンッとゴミ箱に投げ入れた。両手を広げて『ほらな』と仕草で示すと満足そうに元の席に戻ってきた。

「輪投げ、玉投げはテキ屋の基本だからな。こんなのは簡単さ」

今までの会話とは打って変わって、ボソボソと呟くように東屋は言い、脱力したように壁に寄りかかった。

「ふーん……、じゃあ、なんで僕が柔道をしてるって分かったの？　テキ屋はそんなことも分かるの？」

東屋はまた鼻先でフンと笑った。しかし、その笑いは私に向けられた侮蔑ではなく、自嘲のようだった。

「まあな。テキ屋に限らず相手の品定めは大事だろ。お前の場合はその耳だ。腫れて潰れてる。そんな耳をしている奴は寝技のある格闘技をしていると相場が決まってるんだ。……それよりも、お前俺が怖くないのか？」

その一言を耳にして、『話し過ぎた』と後悔した。

「……怖いよ。ろくな噂を聞いたことがないから。なるべく関わり合いたくないと思う。だからプラネタリウムでばったり会ったのも偶然だし、昨日も偶然」

揉める事への恐怖心よりも、いちいち考えて答えることの面倒臭さに辟易し始めていた私は、何も考えずに本音を口にした。

「そうか。分かった」

そう言うと東屋は壁から背を離し、こちらを向いた。

「いずれにしても互いに詮索はやめにしよう。だけど……、それは明日から。だから、ちょっと質問する。お前、何を聞いているんだ。良かったらカセットを貸してくれ」

不意に予想もしなかった質問を浴びせられて、私は呆気に取られた。なんて他愛のない質問だろう。

「MJQのDJANGO」

私はやっとのことで答え、ウォークマンからカセットテープを取り出して東屋に渡した。東屋は自分のウォークマンに元々入っていたテープを取り出すと、私のDJANGOをセットした。そして取り出したテープを私に向けて差し出した。

「『MJQのDJANGO』ってなんだ?」

「ジャズ。親父のレコードをダビングしたんだ」

「へーえ、大人っぽいな……ちなみに、これは宮沢賢治の『銀河鉄道の夜』。朗読は岸田今日子」

呆然と手渡されたテープを持つ私に東屋が言葉を続けた。

「ケースを持ってきてないんだ。悪いけど一日預かってくれ。じゃあな」

そう言い捨てて東屋は階段を降りて行った。

時計を見るとすでに五時半を回っていた。窓の外は大きく日が傾いていて、中央線の線路を飴色（あめいろ）に染めていた。私の手にはラベルに丁寧な字で『銀河鉄道の夜　朗読／岸田今日子』と書かれたカセットテープがあった。文学好きの不良なんて聞いたことがない。そう思いながらため息をついた。

翌日も私が教室に入ると、東屋は同じように頬杖をついて文庫本を読んでいた。私が黙って着席すると、東屋はチラッと視線を送ってきたが、何も言わずに直ぐに読書に戻った。そしてその日も一日、東屋は抜群の集中力を発揮して、まじめに講義を受けていた。

全講義が終了して教室から出ると、廊下で東屋が待っていた。その手には昨日貸したＤＪＡＮＧＯのカセットテープと灰色のＢ５サイズの封筒があった。

「返すよ。随分と渋い趣味だな。まあ寝入りに聞くには良かったよ。かといってダビングしてもらいたいと思うほどじゃあなかったけどね。それと、これは貸してもらったお礼にやるよ。夢のある本だから勉強に疲れたら気分転換にパラパラやれよ」

私も慌ててカバンからウォークマンを取り出し、預かったカセットを取り出した。

「朗読もかなり渋いと思うけどね。僕も布団の中で聞いたけど、すぐに寝ちゃった」

「おまえ……『銀河鉄道の夜』を読んだことないのか？」

「ないよ。宮沢賢治で知っているのは『お願いの多い料理屋』だったっけ？　あれぐらい」

「『注文の多い料理店』ね。お前、本当に本を読まないんだな……」

　東屋は心底呆(あき)れた顔をして、私の手から朗読のカセットテープを受け取った。そして返す手でＤＪＡＮＧＯのカセットとＢ５サイズの封筒を私に寄越した。受け取った私は、カセットをウォークマンにセットし、カバンに放り込むと空いた手で封筒を開けようとした。その封筒の口には丁寧にもセロハンテープで封がしてあった。

「あっ、それは家に帰ってから開けな。もっとも、読書習慣のないお前には難しいかもね」

　そう言って東屋はカラカラと笑った。

「古典的なものを読まないからと言って、本を読まない訳じゃない。逆に君が読まないようなものを読んでるよ」

　東屋にからかわれて、私はちょっとばかりムキになった。

「へえ、じゃあ何が好きなんだ」

「パーカー。スペンサーシリーズ」

「『失投』『レイチェル・ウォレスを捜せ』『初秋』」

東屋は左右の手をヒラヒラさせながら三つの作品名を諳んじた。

「お前の顔、こんなだぜ」

そう言って両目を大きく見開き、口元は『えっ！』と驚きの声が漏れるような形に歪め、吊り上がった右の眉毛を指さした。

「……まじで驚いた。本当によく読むんだね」

「まあな。でも痩せ我慢をする男の話はあんまり好きじゃないから。スペンサーシリーズもその三冊ぐらいしか知らないけどね。俺はもうちょっと夢のある話が好きなのさ」

「夢のある話かあ……」

東屋は吊り上げた右眉を下げると、今度は左眉を吊り上げて続けた。

「まあ、その封筒の中身でも見てメルヘンとか、幻想的とか、夢とかいうものを考えてくれたまえ。じゃあな」

そう言うと東屋は階段に向かって歩き出した。

「今日はプラネタリウムに寄らないの？」

私が尋ねると、振り返りもせずに東屋が答えた。

「今日は仕事がある。夏はあちこちで祭りがあるんだ。夕方から夜にかけてはテキ屋にとって書き入れ時。だから遊んでいられない」

後ろ姿のままで軽く手を振ると階段に消えていった。

特に東屋と約束をしていた訳でもないのに、なんだか急にフラれたような気分になった。

私は東屋の真似をするように右眉を吊り上げながら、貰った封筒をカバンに仕舞うと会場を後にした。外はゆらゆらと茹だった空気が漂い、普通ならとても真っ直ぐ帰宅する気にはなれない熱気だった。しかし、その日の私は一人で外をふらつく気分になれず、素直に足を自宅に向けた。今にして思えば、一人でいることが寂しかったのかもしれない。もっと東屋に付き合ってもらいたかったのだろうか。ねっとりとした熱気に身を委ねるようにゆっくりゆっくりと自転車を漕ぎ、東屋との会話を思い返しながら家へ帰った。

その日の夜、遅くなってから例の封筒を開けた。中身は無修正のビニ本だった。

「メルヘンねえ」

翌日、教室に行くと東屋は机に突っ伏して寝ていた。昨晩は遅くまで仕事だったのだろうか。

「おはよう」

私が声をかけると、東屋はちょっと頭を起こすと眠たそうな声で小さく答えた。

「……ああ、おはよう」

「メルヘンをありがとう」

私が礼を言うと、東屋はバサリと体を起こし、目をこすりながらにやけた口元で言った。

「どういたしまして。良かったか?」

「そうだね。男が痩せ我慢をする話よりはいいかも」

私たちの前後に座る中央中の女子は、会話の意味がわからないといった感じで顔を見合わせていた。私はおかしくなって笑いを漏らした。女子達はますます困惑顔になった。

三

それからしばらくは、特に何もなく夏期講習は進んだ。日にちが進むにつれて、欠席する人がでて、五日もすると三分の一ほどが脱落した。学校のように出欠を取る訳でもないので、講義についていけない奴が来なくなるのも無理はなかった。そんな中、東屋は無遅刻無欠席を続けており、授業態度も模範的だった。むしろ、時々手を挙げて結構難しい質問をするなど、悪評を知らなければ優等生だと勘違いをしそうだ。

　そんな東屋が早退した。確か八月七日だった。三コマほど講義を受けると、休み時間に荷物をまとめて教室を出て行った。熱心に授業を受けていたのに、体調でも崩したのだろうか？　と思いながら教室を出ていく東屋を見送った。

　その日、なんとなく普段と違う道で帰りたくなった。どこかで早退した東屋が気になっていたのかもしれない。中野通りを新井の交差点で右折をし、サンロードの前を少しいって左折をし、薬師銀座商店街に入る。左右に並ぶ店を眺めながら進むと、新井薬師の入口前にたどり着いた。

　目にご利益があることで有名な新井薬師は毎月三回、八の付く日に縁日がある。私も小さなころは小遣いを握りしめて必ず来た。境内（けいだい）に隣接して区立の新井薬師公園があり、敷地内にはお城を模した形の児童館があった。中野通りをまたいで北野（きたの）神社と地元の子供が『ひょうたん池』と呼ぶそこそこの大きさの池がある。新井薬師公園には立派な遊具がそろい、『ひょうたん池』ではフナやザリガニを釣ることができた。北野神社の境内は缶蹴りや『ろくむし』をするのにちょうど良く、小学生のころは毎日、この辺にきて遊んだものだ。

『明日は縁日かぁ……』そう思いながら、土塀わきに自転車を停め、山門をくぐった。本堂にむかって真っすぐ延びる参道の途中には常香炉があり、何人かが煙を顔や肩にかけていた。私も『もっと頭が良くなりますように』と念じながら、少しだけ煙を頭にかぶった。十段ちょっとの石段をのぼり、財布から奮発して百円玉を取り出し、賽銭箱に投げ入れた。柏手を打ちそうになるのを、ぐっとこらえて手を合わせる。

お堂を背に石段を降りながら左を見ると、私と同じような年格好の少年が境内にしゃがみこみ、何か作業をしていた。その服装には見覚えがあった。

近づいてみると、体育の授業で校庭に白線を引くのに使うような大きな巻き尺と、白いチョークを手にした東屋がいた。近寄る影に気付いたのか、東屋は顔をあげた。ほんの少し怪訝な顔をしたが、すぐに私だと気づくと立ち上がった。

「……これも偶然って言うのか？」

なんと答えれば良いか分からなかった。

「……うん、偶然」

東屋は『ちっ』と盛大に舌を打ち、手にしていたチョークを地面においた。

「かわいい女の子だったら、素敵な『偶然』なんだろうけど、お前みたいな奴じゃあ気持ちが悪いだけだ」

　そう言って首に巻いていたタオルで顔をぬぐった。だいぶ日が傾いたとはいえ、今日も暑かった。薄い水色のポロシャツは汗を吸って重そうだ。

「……ごめん。でも、本当にたまたまなんだ。なんとなく普段と違う道で帰ろうかなって思って。それで薬師の前を通ったから、久しぶりにお参りをしようかなって。でさ、会っちゃったってわけ」

「ふん、どうだか……。まあ、いい。俺は仕事中だ。さっさと行け」

　東屋は背を向けて作業にもどった。チョークで地面に印をつけると、伸ばしていた目盛りテープを巻き取り始めた。私はその背中を追いながらたずねた。

「ねえ、何してるの？」

　ふり向きもせず東屋は答えた。

「地割り」

「地割り？　なにそれ」

　東屋は目盛りテープを巻き取る作業を続けながら答えた。

「明日は縁日だろ。予定では屋台が四十八台でる。それぞれの場所を決めるために地面に印をつけてんの」

「へー」

間の抜けた私の返事に対して東屋はフンと鼻を鳴らした。

「もちろん、正式には明日の朝、幹部の人たちがやるけど、準備は俺みたいな下っ端がやらされるんだ」

目盛りテープをすべて収めた巻き尺を足元に置くと、ズボンから折りたたんだメモのような物を取り出した。ポロシャツの胸ポケットに差してあった赤ペンのキャップを外すと、いくつか丸をつけていた。

「いつまで見てんだ。さっさと行けよ」

小さな声ではあったが毅然としていて、私にグズグズ言わせないような雰囲気があった。

「……ごめん。じゃあね……」

私の声に、やっとふり向き、東屋は小さく頷いた。さっきタオルで拭ったばかりの顔には汗がにじみ、すでにいくつかは筋をひいて顎先から垂れていた。

「ああ、じゃあな」

私は東屋を置いて参道にもどり、山門を抜けて通りにでた。歩きながら東屋が早退したのは仕事のためだということが、やっと分かった。察しの悪い自分が情けなかった。

バカな自分を罵（ののし）りながら、自転車にまたがって『新井薬師口』の五差路に向かった。

バス通りの右手には、ハーレーやＢＭＷといった輸入車を扱うバイク屋と、ラジコンや模型の品ぞろえの良さで有名なおもちゃ屋が並んでいる。バイク屋の店先には客の単車が、おもちゃ屋の前には小学生や中学生の自転車がずらっと並び、バスの往来を邪魔していた。二軒の繁盛店を過ぎると、不動産屋や呉服屋といった、あまり客の出入りのない店がつづき、その並びのハンコ屋の店先に『やってます！　コピーサービス』というのぼりがあった。それを見たとたん、あることを思いついた。

あれこれやって、慌てて新井薬師に戻った。別れてから三十分は過ぎていたが、まだ東屋は地割りをしていた。西日に焼かれながら、巻き尺で寸法を測り、地面に印をつける作業をつづける背中に声をかけた。

「はい、これ」

真っ赤に火照（ほて）った顔を東屋はあげた。一瞬、何かを言いかけたが、私が差し出した缶コーラを受け取った。

「この間、イチゴミルクをおごってもらったお返し」

「……そっか、じゃ、もらっとく。ありがとう」

そう言うと、すぐに缶をあけ、ゴクゴクと喉(のど)を鳴らして飲み始めた。

「まだ、かかるの？」

残っていたコーラを一気に流し込みながら東屋は首をふった。そして飲み干した缶を握りつぶしながら答えた。

「いや、ちょうど終わったとこ」

私は東屋から空き缶を受け取り、代わりにカバンから取り出した紙袋を差し出した。

「……なんだ、これ」

「午後の講義で配られたプリントとノートのコピー」

東屋は首からタオルを外すと、それで両手を丁寧に拭い、私が差し出した紙袋を受け取った。中から二つ折りのコピーを取り出すと、確かめるようにめくった。

「いいのか？　これ、もらって」

「うん」

「でも、なんで」

「なんと、なく……。えーっと……。そうそう、これは『メルヘンな絵本』のお返し！」

すると歯を見せて東屋が笑った。

「へー、じゃあ、物々交換ってこと？」

「うん、そう」

「じゃあ、遠慮なくもらっておく」

そう言うと東屋はコピーを紙袋に戻し、丁寧に折りたたむとズボンのポケットにしまった。

「明日はどうするの？　夏期講習」

「欠席。薬師の縁日は、俺にとってホームグラウンドみたいなものだから……。サボる訳にはいかないよ」

「そっか。じゃあ、明日もまたコピー、持ってくるよ」

東屋は腕を組んで『うーん……』と唸った。

「それはありがたいけど……。やめた方がいい……」

「なんで？　仕事の邪魔はしないからさ」

「いや、そうじゃなくて。お前も知ってると思うけど、縁日は結構な人出だろ？　そんでもって夏休みの間は、先生の見回りもあれば、中野署の少年課も来るよ。俺とつるんでるところを誰かに見られたら面倒なことになる」

「そうかな、考えすぎじゃない？」

「お前は、甘い……」

「うーん、じゃあ明日の分は、明後日、教室で渡すよ」

東屋はやっと腕組みを解くと小さく頷いた。

「うん、そうだな、そうしてくれ。朝のうちに俺の席に置いといてくれ」

「いつも、君の方が早く来てるけどね」

「じゃあ、俺がトイレに行ってる時にでも、置いておけばいいよ」

「分かった。そうする」

「でもなぁ……」とつぶやいて、東屋は恨めしそうな顔を私に見せた。

「お前に借りができちまうのは、ちょっと嫌だな……」

「貸しだなんて思わないよ」

「お前がどう思うかなんて関係ない。俺の問題なの」

「なんだか、面倒くさい話だね」

さすがに呆れた。すると東屋は眉を寄せ、半開きにした口を歪めて言った。

「お前の顔、こんなだぜ」

思わず私が噴き出すと、小さく笑って言葉を足した。

「……まあ、いいや。借りにしておく」

「あのさ、お返しに『絵本』は、もういらないよ。あんな物をもらって、隠し場所に困ってんだ」

「へーえ、嘘くさいな。そういうのを『痩せ我慢』って言うんじゃないの？　さすが、スペンサーシリーズが好きなだけのことはある」

そう言って笑う東屋の表情は、夕焼けに汗が輝いてきれいだった。


その後、夏期講習は順調にカリキュラムを消化し、残すところ三日ほどになった。相変わらず、欠席者は増え続け、とうとう半分ぐらいしか残っていなかった。

その日の休憩時間にトイレから席に戻ると、机の上にプラネタリウムのチケットがおいてあった。よくみるとクリップで小さなメモが止められていた。そのメモには青いインクで丁寧な文字が記されていた。

『見終わったら自販機前のベンチで。東屋』

誘われるまでもなく、私はほぼ毎日と言っていいほどプラネタリウムを見に行っていた。区営プラネタリウムが良いのは区立の小・中学生であれば何回見ようが一回三十円しかとられないところであり、悪いところは上映プログラムがいつも一緒なところだ。その日もいつもと寸分違わない内容だった。毎回驚くのだが係員の説明は実演であるにもかかわらず、毎回毎回一言一句違わずに判で押したように同じだった。ウケナイ駄洒落さえもが同じなので、きっと台本通りに話しているに違いない。

　プログラムが終わると、前回と同様に廊下のベンチに並んで座り、窓の向こうに広がるオレンジ色のフィルター越しのような風景を眺め、紙パックのイチゴミルクを飲んだ。

「この赤茶けた風景を見ていると、中央線とその先のごちゃごちゃした町並みも、悪くない……、っていうか、俺は好きだな。前から思っているんだけど、十年以上の月日がたってドス黒くなったブロック塀や安いコンクリート瓦（がわら）が葺（ふ）かれた屋根は結構味があるね。まあ、遠めに見る分にはという条件付きだけど」

　東屋は可愛らしい苺のイラストがあしらわれた紙パックから甘ったるいイチゴミルクを美味（うま）そうに飲み、時折自分が話す言葉に深く頷きながら、ガラスの向こう側に広がる地元の風景を評した。

「うーん。そうかなぁ？　見慣れた風景だけどね。誰だったか忘れたけど、外人のカメラマンが日本の都会は白っぽくて、平面的で単調だけど、逆に地方の農村や漁港は色が濃くて奥行きがあるって。そのギャップが面白いって。特に夜の風景はその差がはっきりしてるってさ」

「それはさ、都会は蛍光灯が中心だから全体的に白っぽくて、平べったく見えるんだよ。人工の光は、日の光と違って波長が一定だから。お陰で効率的に満遍なく照らすことができる。でも、そうするとどこもかしこも同じように光があたってしまって、結果として平面的に見えちゃう訳よ」

私が『へえっ？』といった顔をしているのに応えて、東屋が続けた。

「光の扱いは屋台の基本中の基本だからね。たとえばお面屋を任されたとして、外灯の位置やほかの屋台から漏れる明かり、境内に吊るされた提灯（ちょうちん）、そういったあちこちからそれぞれ異なった種類の光が違った強さで届く。そういったことと、面ひとつひとつの形とか色を考えて並べる順番を決めるんだ。適当に並べた面を前に、どんなに一生懸命啖呵（たんか）をぶっても売れないよ」

「へー、難しいんだね」

東屋が鼻先で軽くフンと笑った。最近気付いたが、この癖が出るときは、この不良の機嫌が良い時だ。

「まあ当たり前だよな。プラスチックでできたアニメ物の面一枚の相場は、だいたい三百円だ。さて、仕入はいくらだ？」

「……さあ。全然分からない」

「答えは二十円。ちょっと古いキャラクターで問屋が処分のために値引きをすれば、十円とか五円さ。まあ、それで問屋にも製造元にも利益がでるんだ。実際に作るためには一円もかかっちゃいない。だから、ちょっとぶつけたりするだけで割れたり、裂けたりするんだけどね。そんなつくりのものを仕入値の何倍もの値段で売るんだ。魅力的に見せるための工夫は必死にやるよ」

「それって、サギじゃん?」

「ちゃんと商品を見せて、買い手に選ばせてるわけだから、文句ないだろう? 値段もちゃんと『三百円』って張り出してる訳だし。まあ、食べ物の屋台はさらに色々な技があって、店ごとの特色が出るから。もっと面白いよ」

東屋は飲み干した空の紙パックにストローを突っ込むと、ちょっと狙いをつけてゴミ箱に向けて投げた。紙パックはストンという軽い音をたててゴミ箱へ落ちた。

「本当に上手だなあ」

「日々鍛錬。物心ついたころから、来る日も来る日も玉投げや輪投げの店番をしていれば、嫌でも上手になるさ」

「それで、食べ物屋のコツって、どんな話?」

東屋は私をチラッと見て言った。

「お前、五中だったら上高田の氷川神社を知っているよな」

「うん、学校へ行くときに前を通るし、確か明日から夏祭りだ」

「そう。それで俺も明日、明後日は境内に屋台を出す。よかったらこいよ。ただで食わしてやる。でもって、そのときに色々と聞かせながら高等な技を披露してやるよ」

私はまた『ヘエ』といった顔をしながら、ウンと頷いた。

「ちなみに何をやるの」

「テキ屋の王道、ヤキソバ。境内入ってすぐの鳥居の右に屋台を構えることになってるから、多分簡単に見つかるよ」

「へーえ、じゃあ、必ず行くよ」

東屋はちょっと顔を曇らせた。

「誘っておいてなんだけど、絶対に五中の奴らとは来るなよ。そっと来て、ちょっと食べたら、すぐに帰れよ」

「分かってるって」

「本当かよ。まあ、いいや……」

東屋は小さくため息をついた。私はやっと飲み終えたイチゴミルクの紙パックを構え、ゴミ箱に向けて投げた。今回も失速し、ゴミ箱の横っ腹にあたって床に落ちた。東屋は私よりも先に立つと床に転がった紙パックを拾い上げ、元のベンチに戻ると手首のスナップを利かせて紙パックを投げた。紙パックは今度もスパンと軽い音をたててゴミ箱へ消えた。

「それで、また明日と明後日の午後は授業を受けられないんだ。悪いけどまたコピーをもらえないか？」

「いいよ。でもさ、だんだん難しくなってきて、最近はあんまり丁寧に取っていないから。後でやれ汚いとか、意味がわからないとかって文句を言うなよ」

「もちろん、それでいいよ、十分十分」

そう言うと東屋はベンチから立ち上がり、自分のカバンを肩にかけると『またな』といった様子で手を振って歩き出した。

「今日もこれから明日の準備があるんだ。悪いけど先に帰るわ」

「ああ、じゃあね」

私の言葉を背中で聞きながら東屋は階段を下りて行った。

翌日の夕方、私は悪友達の誘いを断り、一人で氷川神社の夏祭りへ出かけた。境内には参道を取り囲むように杉の大木が植わっていて、まだ夕日が沈みきっていないにもかかわらず、十分に暗くなっていた。神楽殿の提灯にはすでに電球が灯され、見た事のない漫才師がネタを披露していた。参道手前の歩道にも、ソースせんべい、たこ焼き、わた飴、あんず飴といった食べ物を中心に屋台が並び、書き入れ時に向かって忙しそうに働いていた。昨日言われたとおり、鳥居のすぐ右脇にヤキソバの屋台があって、その奥でキャベツやもやしの下ごしらえをしている東屋を見つけた。

「すみませーん」

私がわざとらしく声をかけると、東屋は顔だけをこっちに向けて『よう』といった感じで頷いた。その間もキャベツを刻む手だけは動いていた。その手つきは中々のものので、プロの料理人といった感じだった。

「これでヤキソバを一人前ください」

私は午後の講義のノートをコピーした紙片を差し出しながら言った。

「いらっしゃい」

東屋は首筋に巻いたタオルで濡れた手を拭くと、懸賞金を受け取る相撲取りのように手刀を切ってコピーを受け取った。

「ありがたい。助かるよ」

そう言ってコピーをぱらぱらと捲(めく)って簡単に確認すると、丁寧に畳んでズボンのポケットに仕舞った。東屋はグレーのTシャツの上に半纏(はんてん)を羽織り、頭には真っ白な手ぬぐいを喧嘩かぶりしていた。半纏の襟口には丸に『東』の代紋と『三代目あずまや』が勘亭流のような飾り文字で刷り込まれていた。

「なんか、格好いいね」

私は率直に感じた事を口にした。

「そりゃあどうも。本当はさ、俺は四代目なんだ。けど、自分の名前で一家を構えられる歳じゃないから。この半纏は親父の代に作ったものさ」

東屋は両手を肩の高さに広げてゆっくりと一回転した。背中には丸に『東』の文字が白で大きく染め抜かれていた。

「じゃあ、東屋一家秘伝のヤキソバをご馳走しましょう」

そう言うとガスバーナーの火を強くし、鉄板を温め直した。そして足元の大型クーラーボックスから脂の塊(かたまり)を取り出すと、満遍なく鉄板の表面に滑らし始めた。

「それ、何?」

「ラードさ、豚の脂。関西だとヤキソバに牛筋を使うんだ。だから油も牛脂を使う。対して富士山から東寄りの地区は豚バラ肉を使う。だから油もラードなのさ」

「肉と脂が同じじゃないとダメなの？」

東屋はフンと鼻を鳴らし私の問いに答えた。

「もちろんダメじゃあないよ。でも、味がバラバラになる。余程の腕前の料理人が上手に加減をしないと難しいと思う。それに豚と牛とでは脂身の融点が違うんだ。だから火加減も難しくなる。こういった持ち運びできるようなバーナーで大きな鉄板を熱して調理するのには向かないんだ。高級な鉄板焼き屋みたいに、相当の厚みのある鉄板を満遍なく温められるようなバーナーでないと難しいね」

東屋が講釈を垂れているうちに、温められた鉄板はゆらゆらと熱気を昇らせ、その熱気にのってラード特有の旨味(うまみ)成分を含んだネットリとした匂いが漂ってきた。鉄板の上を隅々まで滑ったラードは体積を三分の一に減らし、中央に戻ってきた。東屋は大きなコテの先でラードをつぶしながら鉄板の中央付近に脂の池を作っていった。鉄板の表面で脂がふつふつと跳ねはじめると、ガスバーナーの火を調整し、空いた手でクーラーボックスから豚のバラ肉の塊を取り出すと、鉄板にドンと落とした。ぱちぱちと爆(は)ぜさせながら、東屋はコテ先を器用に動かしてバラ肉を解(ほぐ)した。概(おおむ)ね解れたと見て取ると塩胡椒(しおこしょう)をまぶし鉄板横の簡易作業台の上に置いた大きな笊(ざる)から刻んだキャベツともやしを手で摑(つか)み、バラ肉の上にドサッドサッと投げ入れた。その瞬間に野菜から出た水分が大量の湯気を上げた。その熱気が屋台越しに見ている私を襲う。

「うわっ、熱い。よく平気だね」

大げさに驚く私を鼻先でフンと笑いながら東屋は調理を続けた。バラ肉と野菜をコテで混ぜ合わせると、少し足りないと思ったのか塩胡椒をパラパラと振り、また丁寧に混ぜ合わせた。そして野菜とバラ肉が混ざり合ったものを鉄板中央に丸く薄く広げると、作業台に積み上げられた蒸籠（せいろう）から中華麺を取り出し両手で揉み解しながら鉄板に振りかけた。麺と野菜、バラ肉をコテで十分に混ぜ合わせると大きなお盆を伏せたような取っ手のついた蓋を取り出し、その上に静かに載せた。

「こうやって蓋をして、野菜から出る水分で蒸し焼きにするんだ。すると麺がやわらかくなってソースが良く絡む」

そう言いながら、視線はじっと鉄板に注がれ、蓋の隙間からこぼれ出る湯気の具合を見て、外す頃合を見計らっているようだった。

ほどなくして、蓋を外すと野菜はしんなりとやわらかくなり、麺には艶（つや）がでていた。東屋はコテで全体を大きく解すように混ぜ合わせた。麺が躍るたびに大きく湯気が沸き立ち、熱気があたりに広がった。

「ここで余分な水分を飛ばすとベタベタしなくて、口当たりが良くなるんだ」

そう解説を加えながら手先を動かし、湯気を飛ばし続けた。そしてまた全体を薄く延ばすと、差し口の細長いステンレス製のジョウロでソースをかけ回した。

「瓶からこうやって『わーっ』と直接かけると思ってたんだけどなぁ……」

ジョウロを置くと、また忙しくコテを動かして大量の湯気を上げながら東屋はソースと麺とを混ぜつづけた。

「業務用のソース瓶には三リットルも入っている。水よりも重いから四キロぐらいあるかな？　そんな重かったら量を調節するのが難しいだろ。それに瓶の口からドロッとしたソースを注ぐと、ボタッボタッとダマになりやすいから、後で麺と混ぜるのが難しくなる。多少面倒でも別の容器に移した方が楽だし、出来上がりにムラがないんだ」

「へーえ」

「それに、俺は数種類を混ぜてるんだ。夏は汗をかくから塩気と酸味を強くして、逆に冬は甘さを感じられるようにしてる」

「なんか、すごいね……」

大方混ぜ合わせると、東屋はコテを置き、ブリキの薬味箱を三つ取り出した。それぞれの箱には粉状の鰹節、青海苔（あおのり）、桜海老が入っていた。それらを指先でつまむとパラパラと麺の上に撒き、いつのまにか用意された経木の皿の上にコテ先で器用によそった。

「はい、おまちどおさま。熱いうちに食べな」

そう言って割り箸を添えて渡してくれた。すでに大量の湯気と脂とソースの香りで腹の虫を刺激されまくった私は、即座に箸を割り、経木の皿に載った麺を頬張った。口に含む前に、経木の香りと混ざったソースが鼻腔を摩り、一刻も早く啜りたいという欲望をさらに強く刺激した。やっとの思いで一口食べると、そのうまさに驚いた。気がつくと経木の皿の上はほとんど空になっていた。

「いくらでも食べていいよ。なんせ、相当の借りがあるからね。何杯でもどうぞ」

そう言うと、東屋は新しい経木にソバをよそい、私に差し出してくれた。私は遠慮もなく受け取るとまた夢中になって頬張った。東屋は残ったソバをいくつかの経木によそい、コテ先で鉄板に残った麺クズや野菜の切れ端を取り除くと、固く絞った真っ白のタオルで表面を拭い始めた。タオルが鉄板の表面を滑るたびに湯気が上がり、シユワーッと大きな音を立てた。清潔に拭われた鉄板の表面は青白い光を放ち、遠くから見ると冷たそうに見えた。

忙しく立ち働く東屋を眺めながら二杯目を食べ終えると、タイミングよくクーラーボックスからラムネを取り出し、ポケットナイフのような物の先でビー玉を落としてくれた。

「飲めよ。これもおごりだ」

私は空になった経木の皿と交換するように瓶を受け取った。よく冷えたラムネは、ソースでべっとりとした口に心地よかった。

「うまかった。本当に。お店とかで食べるヤキソバよりもうまかった」

「しかも二百円と格安。五中の友だちに宣伝しておいてくれよ」

「うん、そうする」

私がそう言って笑うと、急に東屋は真顔になって言った。

「いや。今のは冗談。前にも言ったけど、間違っても俺と親しいなんて、知られないほうがいいよ。お前の内申に差し障りがあると困る。そろそろ人出が増えるからお前も帰りな」

「……だから、気にし過ぎだって……」

私は思わず苦笑をして答えた。東屋はそっぽを向いて野菜を刻む作業に戻りながら、ボソッと答えた。

「お前が思っている以上に、俺とつるんでいる事が周りに知られることはまずいんだ。

頼みごとをしておいて悪いけど、今日はそろそろ帰ってくれ。じゃあな」

そう言うと『さっさと行け』といった目配せをした。少し残念に思ったが、私はラムネを飲み干した。

「分かった。じゃあ、また明日。ごちそうさま」

東屋はああっといった感じで軽く頷くと「ラムネの瓶はそこに置いといてくれ」といって、また野菜を刻む作業に戻ってしまった。私は諦めて境内奥の社殿に向かって参道を登り始めた。

両脇には色とりどりの屋台が並び、発電機につながった電球を灯していた。お日様の陽に照らされた屋台はどれも薄汚れていて、なんだか寂しげにしゃがみ込む老人のように見える。それが内側からライトで照らされると、独特の美しさと明るさが宿り、若い娘のように華やかになる。たこ焼き、ハッカパイプ、お面、金魚すくい、水ヨーヨー、射的、カキ氷、チョコバナナ、型抜き、あんず飴、五徳ナイフ……。どれも祭りには欠かせない店ばかりが軒を並べていた。

ちらほらと冷やかしの客が出てきたが、どれも小学生かその保護者ばかりで、中学生の私にとって、まだ少し時間が早かった。社殿を参拝していると町内会で世話役をしている近所の知り合いにばったり会った。手伝いに出た人たちに配る赤飯と鯛が残っているから持って帰るようにとビニール袋を二つ手渡された。これでは寄り道もできないなあ、と思いながら参道を戻ると鳥居側に人だかりができつつあった。その中心には半纏を威勢良く躍らせながら華麗にヤキソバを作る東屋が居た。先ほど私に振舞ってくれた量の五倍近くのソバを手際よく捌く様は、とても同い年の中学三年生には見えず、どこからどう見ても一人前のテキ屋だった。

その独り舞台を遠くで眺めている間に、夕日が完全に落ち、辺りは真っ暗になった。仕上がったソバを経木の皿に盛りながら、手際よく売り捌く東屋の顔は、屋台の軒に吊った電球の光で照らされて精悍そのものだった。本当は一声かけてから帰宅するつもりだったが、下手に声をかけようものなら、商売の邪魔になりそうなほど屋台は繁盛していた。私は不思議に少しさびしい気持ちを抱え、トボトボと境内を後にした。

四

翌日も夕方前にコピーを届けるつもりだったが、あれこれと片付けているうちに遅くなり、氷川神社に着いたころには夜九時を過ぎていた。すでに境内には人もまばらで、子供向けのおもちゃ屋などは屋台を畳みつつあった。東屋は昨日と同じ場所でヤキソバを作っていた。その側に十六、七に見える女性が接客を手伝っていた。私が近づいて行くと、東屋は気がついて頷いた。そしてその女性に一言二言声をかけると、半纏と手ぬぐいを脱いで丁寧に畳み、作業台の下に仕舞うと屋台から出てきた。

「店を放っておいて大丈夫なの？」

私が尋ねると東屋は無言で頷き、先に立って歩き出した。

「大丈夫。ついさっき残っていた麺を使って最後の分を焼いてある。あとは経木によそって受け渡しするだけだから」

「誰なの？　きれいだね」

私が尋ねると東屋は鼻先でフンと笑った。

「一応、俺の女。半年ほど前に大宮に手伝いに行った時に知り合って、それ以来の付き合い。最近やたらと女房風を吹かせやがって困っているところさ」

東屋は呆れたぜ、といった身振りで時々振り返りながら先に立って歩いた。後を追いながら私は尋ねた。

「……女ってことは、その……やったの？」

東屋は優越感の浮かんだ顔を綻ばせながら、『当たり前だろう』といった表情で答えた。

「随分と遠慮がないな。お前の質問だから答えてやるけれども、やってもいない奴を馴（な）れ馴れしく『女』と呼ぶような男ではない、俺はな」

「……えーっと、そうか。そういうものか……。けどいったい、いくつで初めてやったの？」

「内緒」

「……今までに何人とやったの？」

東屋は腰の辺りで両手を広げて『さあね』といった仕草をした。

「あのなぁ、そういったことを自慢げに話す奴をゲスって言うんだよ。少なくとも、お前よりは経験があるってだけさ」

唖然（あぜん）とした。そして東屋に対して羨望を通り越して嫉妬を覚えた。ほんの数日前にビニ本で女性のそれを初めて見た私とはあまりにも違いすぎる。

二人して参道から逸れ、屋台の裏側を少し歩くと、社殿横にある手水舎（ちょうずしゃ）にたどり着いた。その手水舎の周りに巡らされた柵に腰をかけると、私は今日の分のコピーを取り出した。

「なんか、かわいい彼女がいるのに、文句ばっかり言ってる君にあげるのはもったいないけど、約束だから。はい、今日の分」

そう言ってコピーを渡すと、東屋は手刀を切り受け取った。その手刀を切る親父くさい仕草がますます偉そうで憎らしかった。

「まあ、そう嫌味を言うな。ありがとう。ああ、そうだ今日の分、とっとかなかった。すまん、もう売り切れたかもしれん」

慌てて腰をあげようとする東屋を手で制した。

「いいよ」

私がそう言うと、東屋は「すまん、借りにしておく」と答えて、急にしゃがんだ。そして周りにちらばっていた吸い殻を拾い、ポケットから取り出したビニール袋に入れた。

「えらいねぇ……」

東屋は肩をすくめる仕草をしながら答えた。

「境内は俺たちの仕事場だから。ゴミを捨てるなんてもってての外。お客さんたちが残していった分までこうやって拾って帰って当たり前。そうだ、カキ氷か何か貰ってやろうか。残っているものなら何でも都合してもらえるから」

「いいよ、ガキじゃないんだ。そうだ、せっかく夏祭りなんだ。一緒に酒でも飲もうよ。ビールとか、どう?」

　そう言って手のひらを差し出すと、東屋は空の手でポンと叩き返し、立ち上がりながら言った。

「ダメだ。やめとけ」

「なんだよ、随分と慎重なんだね」

「俺だけだったらなんともない。いまさら酒でも、女でもケンカだろうが『ああっ、またか』ぐらいの反応しか周りはしない。でも多分、お前は違うだろ？　別に、お前がどうなろうが、どうでもいい。けど、俺がお前を巻き込んだってことになると、面倒なんだ。『一人でやりました』って方が、よっぽどマシ。なんにしたって、お前は受験生なんだ。もうちょっとビクビクしとけよ」

「……君だって受験生のくせに」

　不良の代名詞みたいな男に諭されて、私は少し白けた。それがもろに顔にでたのだろう。東屋は顔をほころばせると、口先をとがらせつつ頰を膨らまし、眉と目じりと口角を下げた。

「お前の顔こんなだぜ。まるで小学生のガキだ。あのなあ、俺と少しばかりつるんだからって、あんまり気を大きくもつなよ」

　小馬鹿にされて正直言ってムッとした。

「あんまりなめんなよ。僕だってそんなに優等生じゃない。特に志望校も決まってないし……。親父にも半端な高校に行くぐらいだったら自衛隊に入れって言われてるぐらいだ」

「そうやってたくさんの言い訳を並べる辺りが十分に良い子だね。それに自衛隊がどうのこうのという話だって、親父さんも本気で言ってるわけじゃないだろ。良い親子関係があるからそんな極端な話になるだけで……。ある意味、羨ましいね。だから、わざわざ俺の前で見栄を張って、無理して悪ぶる必要はないよ」

そう言って立ち上がると、私の正面にまわってしゃがみ込み、両手を合わせて拝む格好をした。

「コピーありがとう。こういうこと、中央中の連中には頼めないから。あいつらに頼めば、それは頼みじゃなくて『命令』になってしまう。すると、それがまた学校に知られて面倒なことになるんだ。俺とお前との関係は、今のところ、なんて言うか自然だろ？　うまく言えないけど、フェアというか対等というか……。今までの俺には、仕事上の上下関係と、中央中周辺の『周りは皆敵』っていう最悪なものしかなかったから、お前との関係はちょっと貴重なんだ。それに、お前の良い所は生真面目なところだと思うよ。それは大切にしな。それと上手くいってそうな親子関係もな。俺にはそんなものないから、羨ましいよ」

ゆっくりとだが、しかし一気に言葉を吐き出すと、東屋は立ち上がり大きく伸びをした。そして私を振り返って言った。

「さあ、これから屋台をバラして帰り支度をしなきゃならない。悪いけどヤキソバはまた今度な」

「ああ。なんだか釈然としないけど、駄々をこねるのもなんだから」

私も立ち上がって伸びをした。東屋は鼻先でフンと笑い、先に立って歩き出した。

参道に戻ると、いくつかの屋台はすでに解体を始めていた。営業を続けているのは缶ビールやジュースといった飲み物か、たこ焼き、お好み焼きといった酒のあてになりそうな店だけで、子供向けの店は概ね終わっていた。すでに境内に設えられたスピーカーからは蛍の光が低く流され、お開きムードが漂っていた。その気だるい雰囲気が充満した境内に爆音が炸裂した。破裂に近いエンジン音に重なるように、嬌声と爆竹やロケット花火の発射音が飛びかっていた。

「族のお出ましだな。天気が良い夏祭りには必ず出るよ。雨だったり、冬場の寒い時期だったりすると出ないんだな、これが」

面倒臭そうな表情で東屋がボソリと言った。

「大丈夫？　面倒なことにならなきゃいいけど……」

東屋は右眉をピーンと吊り上げ、手を腰のあたりで広げ首を振った。

「必ず面倒になる。連中は面白半分のヒマ潰しでモメ事を起こしたいだけだから。無理矢理にでもつっかかってくるよ。警察が早い段階で出張ってくれるといいんだけど……。そうでなきゃあ撤収を邪魔したり、うち等の女を無理に誘ったりしてモメるきっかけを作ろうとする。そうなると、俺みたいな若い衆が体を張る羽目になる」

そう言いながら、足取りがどんどん速くなった。ちょうど東屋の屋台が見える辺りまで戻ると、族の集団が店番の女性に冷やかしの言葉を投げつけているところだった。

どれも一目でそれと分かる服装をしていた。アロハシャツにデニム地のバギーと餃子靴。派手な刺繡を施した甚平に蛇革の鼻緒がついた雪駄。大きくプリントされたプレイボーイマークをスパンコールで縁取りしたTシャツに七分丈のパンツと女物のサンダル。どいつもパンチパーマをデップで後ろに流し、額を晒したヘアースタイルで、深く剃り込みを入れていた。連中の大半は私が通う五中の不良かそのOBだった。東屋は早足になりながら私に言った。

「おい、俺は仕事にもどる。とばっちりがお前に行ってもかまってられない。俺から離れろ。何があっても知らん振りをしろ。自分の屋台に戻っていった。じゃあな」

そう早口で言うと、駆け足で自分の屋台に戻っていった。

裏側から屋台に入ると自分の後ろに店番をしていた彼女を下がらせ、冷やかしの声を上げる族たちに笑顔を作って応対し始めた。私は参道を挟んで反対側のたこ焼き屋で一皿購入し、その場で頰張る振りをしながら事の成り行きを見守った。

族の連中は店主が東屋であることに一瞬驚き、腰を引きかけたが、商売中で丁寧な応対をする東屋の態度と、絶対的な数で優位にあることから次第に横柄になった。

一人が吸い終えた煙草を東屋の鉄板でもみ消し始めた。その瞬間、東屋はそいつの手首をつかんで煙草をつまみ取ると、手のひらを鉄板に押し付けた。男は絶叫し、手を振り解くとその場にしゃがみ込んで泣き始めた。

「なんだ、威勢のわりに大したことがねぇな」

東屋はそう言うと、自分の左右の手のひらを鉄板にぐっと押し付けた。族の連中が息を飲む。

「お前らとは気合の入れ方が違うんだよ！」

東屋が啖呵を切ると、族の連中はじりっと一歩うしろに下がった。しかし、すぐに人数で勝ることを思い出したのか、東屋を指差しながら怒号を上げはじめた。

東屋はゆっくりとした足取りで屋台から参道へと出た。族の連中はU字形に東屋を取り囲みながらそれぞれ人を痛めつけるための道具を取り出した。仲間の準備が整うと、リーダー格と思しき一人が前へでた。そいつは五中で一番の不良として恐れられている小川(おがわ)だった。私は東屋の忠告を無視して参道を渡ると東屋の屋台の裏側に回った。例の女性は屋台の中で立ちすくみ、ことの成り行きを見守っていた。私は店の横手に移り、飛び出せばすぐに東屋に手が届きそうな距離まで詰めた。そんな事をして、何ができると言う訳でもなかったが、とにかくその場を去ることだけはできなかった。

「おめーよ。新田(にった)先輩の代にうちらの中学をシメたらしいけどよ、だからってよ、俺らまでおめーの下に入ったわけじゃねーんだぜ。調子こいてっとよ、ぶっ殺すぞ」

「別に俺は普段どおりに仕事をしているだけだ。商売道具を汚そうとするバカがいたから躾をしてやった。それに、新田だか誰だか知らないが、五中のアホを自分の手下に抱えたいなんて思ったことはないし、そのためにわざわざ自分からケンカを売りに行ったこともない。バカが突っかかってきたから叩きのめしただけ。はっきり言っておくが、俺はお前らなんか眼中にない。よそで何をしようが知った事じゃない。その代わり、俺の近くで波風を立てるようならトコトン叩きのめす。お前らが後悔するぐらいにな」

小川がやたらと大声で怒鳴り散らす割に何を言っているのか分からないのと比べ、東屋の啖呵は低い声でゆっくりと丁寧に話しているにもかかわらず、聞いている者の胆に響く迫力があった。

すでに小川以外の連中はやる気を失い、腰が完全に引けていた。その仲間の様子を敏感に感じ取った小川はますます虚勢を張った。

「上等だよ……。お前をこの場でたたき潰してやるよ」

そう言うと、バギーパンツのポケットから携帯警棒を取り出し軽く一振りすると、間髪入れずに殴りかかった。東屋は面倒臭そうな表情を崩さずに警棒の下をくぐると、小川の腕をつかみ肩に手を添えて後ろにひねった。その動作には全く無駄というものが感じられず、一瞬にして小川の両膝は参道につき、右手を後ろに高く差し出すような格好で東屋に組み伏せられた。小川の手から落ちた警棒がカラカラと乾いた音をたてて参道を転がった。

「このまま体重をかけたら、肱が折れるか肩から腕が抜けるか、どっちかになる。どっちになるかは分からない。腕が抜けるだけなら接骨院ではめ直してもらえばすぐに治るが、肱が折れちまったら一生不便だぜ。どうする？」

そう言うと、東屋は体重をぐっとかけた。

「分かった。分かったから。ちょっとふざけただけだ。マッ、マジになるなよ」

「すぐにそいつらを連れて帰れ。分かったな。それと、二度と俺に絡もうと思うな。いいな」

「……分かった。分かったよ」

さっきまでの威勢はどこへ行ったかと笑ってしまいたくなるほど、小川はあっさりと負けを認めた。東屋が手を放すと、真っ赤な顔を歪めながら右腕を左手でかばい、とぼとぼと境内から出て行った。東屋は小川の手から落ちた警棒を拾い上げると、先端を参道に打ち付けて収縮させ、ズボンの後ろポケットに差した。

「おい、出てこいよ。面白かったか？」

東屋は暗がりに身を隠す私に向かって言った。

「バレてた？」

私は参道へ足を踏みだそうとした。しかし、まるで長時間正座でもしていたかのように膝が笑ってしまい、ギクシャクとした足取りにしかならなかった。東屋と小川の勝負を特等席で見物しただけなのに、まるで自分が戦ったかのような疲れが全身を襲った。

「バレバレ。せっかく気を使って巻き込まれないようにしてやってるのに」

「……ごめん。でも、大丈夫？」

「見てたろ？　なんてことない」

私は思わず東屋の手をとった。手のひらは力仕事のせいか、あちこちにマメができ、ごつごつとしていたが、火傷を負ってはいなかった。

「……鉄板さわってたよね？　なんで？」

東屋はニヤッとしながら教えてくれた。

「あのさぁ、四か所に分けて火加減を調整できるようにしてあるんだ、あの鉄板。あいつの手を押し付けた場所は、さっきまで目いっぱいに火を強くしてたから、そりゃあ熱いさ。けど、俺が手を押し付けたとこは、二時間ぐらい前に火を切ってたから。冷たいぐらいさ」

「……なんだ、それ……」

「思い込みってやつさ。お前も気を付けろ。一旦『こうだろう』って思いこんじまうと、コロッと騙される。そんなもんさ」

「へっ、偉そうに……」

「実際にお前も騙されたじゃん」

私は言い返す言葉を見つけることができなかった。東屋は真顔にもどって言った。

「悪いんだけど、ちょっと手伝えよ。屋台をバラしてトラックに積まなきゃなんない。こんな時間までふらふらしているぐらいだから、家の方は大丈夫なんだろ？」

「うん、いいよ。親父は出張で留守だし、お袋も疲れて寝てる。だから明日の朝までに部屋に戻ればバレないと思う」

「いや、お前が思っている以上におふくろさんは敏感だよ。多分夜中にお前の気配がないことで気付くはずだ。もし本当に一晩中お前が戻らなければ寝ずに待っているに違いない。まあ、手伝ってくれれば三十分ぐらいで終わるから、頼むよ」

そう言うと東屋は屋台の裏側にまとめてあった段ボール箱から道具類を取り出して、鉄板と屋台をばらし始めた。自分の手をきびきびと動かしながら、私と店番をしていた彼女にテント類を畳んだり、骨組みの鉄パイプを縛ったりといった作業を指示した。その手際には一切の無駄がなく素早かったが、そのくせ東屋の表情は穏やかでゆったりとしていた。とても数分前に大勢の暴走族といざこざを起こしかけた様には見えなかった。むしろ見物をしていただけなのに、私の緊張はなかなか解れず、いつまでも膝はがくがくとし、指先も震えて満足に鉄パイプをまとめる蝶結びもできなかった。

五

東屋が見積もった通り三十分ほどで解体作業は終わった。

「じゃあ、悪いけどトラックに積み込むところまで手伝ってくれ。それで終わりだから。お礼にラーメンでも奢(おご)るよ」

そう言うと東屋は鉄板とガスバーナーを抱えて先に石段を降りて行った。慌てて私もテント地と骨組みパイプの束を左右の手に提げて追いかけた。私の数メートル先を歩いていた東屋が石段を降りて通りに出たと同時に、路地の暗がりから二人乗りの原付バイクが二台飛び出てきた。運転手も後部席の者もフルフェイスのヘルメットを被(かぶ)っていたが、服装からさっきの族の連中であることは一目瞭然だった。

後部席に乗った二人は、それぞれ手にした木刀と金属バットをすれ違い様に東屋に向けて振り下ろした。東屋は鉄板とガスバーナーを放り投げ、飛び込むようにして石段へ転がった。『ガツッ、ガッ』という鈍い打撃音を二つ残して、原付は一気に逃げ去った。私は夢中で東屋に近づき声をかけた。

「だっ、大丈夫?」

自分でも情けなくなるほど月並みで何の役にも立たない言葉しかでなかった。境内からは事態に気が付いた仲間が駆けよってきた。地面に蹲ったままの東屋の肩を抱き起こすと、額の一部から血が滲んでいた。

「大丈夫じゃねえよ。この血を見ろ」

東屋はそう言うと顔を歪めた。私は気が動転し、一体どうすれば良いか分からずオズオズとポケットから取り出したハンカチを東屋の額に当てるのが精一杯だった。

「お前の顔こんなだぜ」

ふいにそう言うと、東屋は目をキョロキョロと、口はワナワナと震えさせ、鼻をヒクヒクとさせた。鼻をひくつかせるのは、私が緊張したときの癖だ。

「なんだよ、バカ……。まったく、おどかすなよ……」

東屋はハンカチを持った私の手を手のひらで制すると、笑いながら言った。

「うそうそ、大丈夫。額は飛びのいたときに蹴っ躓いて石段の角にぶつけちまっただけ。木刀で背中をやられちまったけど、バットは避けられた。だから見かけほど酷くないよ」

そう言って私の手を振り解いて立とうとした。さすがに木刀でやられた背中が痛むのか眉間に皺がより、口元が歪んだ。

足音がして振り向くと、四十がらみの中年の男が石段を駆け下りて私たちに近寄って来るところだった。驚いたことに東屋は気をつけの格好になって、その中年に頭を下げた。

「大丈夫か？」

東屋は軽く頭を下げたまま小さな声で答えた。

「恐縮です。ほんの掠り傷と打ち身ですので大丈夫です。すぐ仕事に戻ります」

そう言って鉄板とガスバーナーを拾い上げようとした。その東屋の腕をとって中年の男が言った。

「撤去はうちの若い者にやらせるからすぐに病院へ行け。村木先生に診て貰えるように俺から電話を入れておくから。いいな」

「いえ、大丈夫です……」

東屋は恐縮しながらも固辞の姿勢を示した。

「だめだ。今は気が動転しているから気丈に振舞えるけど、正気に戻ってからがっくりくる場合がある。キッチリと診てもらえ。大事がなければそれはそれで良いから」

そう言い放つと中年の男は私に向き直った。その風貌にはテキ屋の元締めとしての迫力があり、私は思わず一歩下がった。男はポケットから取り出した万札の束から何枚か抜き取り、私に握らせながら言った。

「見ない顔だな。タメ口を利いているところを見ると舎弟じゃないな。こいつの新しい友だちかな。まあいい。これで病院まで付き添ってやってくれないか。中野通りの村木医院を知ってるか？」

私は知ってると答えた。

「そこで松田の紹介で来たと言えば診てもらえる。ドアが閉まっていると思うけど、インターフォンを鳴らして開けてもらってくれ。万一治療代が足りないときは明日にでも届けると言ってくれ。それでその場合はここに電話を一本くれないか」

そう言うと男は一枚の名刺を差し出した。名刺には毛筆風の行書体で男の肩書きと名前が書かれていた。

深々と頭を下げる東屋。その横で右手に名刺、左手に万札を持って立ち尽くす私を残して、男は行ってしまった。その後ろから付いてきた坊主頭にジャージ姿の若者二人は東屋の足元に散らばる鉄板とガスバーナー、そして私が持っていた荷物を受け取ると無言で立ち去った。

「なんで金なんか受け取ったんだ……」

頭を下げたまま東屋は押し殺した声で私を罵った。

「受け取ったんじゃないよ。預かっただけ」

「そんな理屈が通用する相手じゃない。いいから俺に寄越せ」

東屋は私に向き直ると左手から万札をふんだくり、枚数を確かめた。全部で五枚もあった。

「これは俺から返しておく。いいか、気軽に知らない奴から施しを受けるな。あとで数百倍にして取り返される。いいな」

そう言うと私の右手にあった名刺も奪い取り、自分の財布に五万円と一緒に仕舞い込んだ。そうこうしているうちに東屋の彼女が駆け下りてきた。

「あんた、大丈夫なの。傷は深くない？」

あんた呼ばわりするあたりや、健気に傷を気遣うところがまるっきり女房みたいだった。

「うるさい。心配するな。それよりも松田さんとこの住み込み連中が撤収を手伝ってくれてる。直ぐに行って代わって来い。くれぐれも面倒をかけるなよ」

そう言うと踵を返して、大通りに向かって坂を登り始めた。私に顎先でついて来いと示した。後を追いかけて声をかけようとした彼女に「早く行け」と厳しく言うと、彼女も私に頭を軽く下げ「よろしくお願いします」と言った。仕方がなく、私は東屋の後を追った。私が追いつくと東屋は振り向きもせずに小声で言った。

「すぐに調子づいて女房気取りだ。始末に負えないね」

私が振り向くと、女はまだこちらを心配そうに見送っていた。

「いいの？　年上なのかもしれないけど……、僕たちとあんまり変わらないでしょ？女の人を一人で放っておいて大丈夫？」

「知ったことか。それに、しおらしく振舞っちゃいるが、あれはあれで大宮辺りじゃ有名な不良だったたんだ。ちょっとやそっとのことじゃ動じないさ」

そう言うと手をあげて大通りを流していたタクシーを停めた。

「乗れよ。折角だから村木医院に行って、額の傷を手当てしてもらおう。男前が台無しになったら困るからな」

そう言って先に私を押し込むと自分も乗り込み、運転手にブロードウェイ入口と告げた。バックミラー越しに東屋を見た運転手は、一瞬ギョッとし、何か言葉を発そうと口を開きかけたが、黙って頷くと車を出した。

診察と治療を終えて村木医院を出ると十二時を回っていた。医者はこういった飛び込み診療に慣れていているらしく、顔色一つ変えずに東屋から五万円を受け取り、雑に診断すると手荒く治療を施し、薬を出した。医者曰く「額の傷は幅の割に浅く、痕になるほどではない。背中の打撲も痛みは酷いと思うが骨や神経に異常はなく、心配するほどではない」ということだった。大量の湿布薬や痛み止めと一緒に私たちは深夜の中野通りに放り出された。

「腹減ったなあ。この時間じゃまともな店はやってないよ。お前、まだ時間大丈夫か？　大丈夫だったら、ちょっと歩くけど俺の部屋へ来いよ。インスタントで悪いけどラーメンを食わすよ」

　そう言うと私の返事を待たずに東屋は先に立って歩き出した。十分ほど歩くと交差点を右手に折れ、細い路地へと入って行った。少し行くと、同じような格好の二階建てアパートが密集する袋小路にたどり着いた。街灯も乏しく、どの建物も黒とグレーに塗り潰されたように見えた。東屋は一つの鉄階段を上ると突き当たりの部屋の中へ入った。私が気後れをして間合いを取っていると、玄関口から顔を出し手招きをした。

　玄関にはさっきまで東屋が履いていた靴以外はサンダルの一足もなく、きれいに片付けられていた。玄関横は台所で、ブリキ製の流し台と据え置き型のガスコンロがあった。古ぼけてはいるが十分に手入れがされている様子のコンロには、こちらもピカピカに磨かれた笛吹きケトル以外には何もなく、玄関同様にきれいに片付いていた。

ごみごみとして薄汚れた建物の外観からは考えられないほど、部屋の内部は見事に片付き、真っ白な壁紙と焦げ茶の板張りで統一されていた。

玄関でまごつく私に東屋は『上がれよ』といった仕草で顎をしゃくり、奥へと進んでいった。

キッチンを抜けると、そこはダイニングと思しき部屋で、四人掛けのテーブルセットと食器棚があった。隣にはもう一部屋あって、ベッドとテレビ、ラジカセ、本棚があった。どの部屋にも鴨居は残されていたが、襖や戸の類はなく、まるで一つの大きな箱のような作りになっていた。

「適当に座れよ。いま、うまいのを作ってやるよ」

そう言って私をテーブルに着かせると、キッチンから缶ビールと八角形のグラスを持ってきて私の前へ置いた。

「ご所望の酒だぜ」

そう言うと口を開け、八角形のグラスに注いだ。

「受験生は酒はダメなんじゃなかったっけ?」

私はそう言いながらもグラスを手にもち東屋にかざした。東屋は残りのビールが入った缶を私のグラスにカチンと当てると、一気に三口ぐらいゴクゴクと美味そうに呷(あお)

った。私も軽く一口含んだ。ビールは今までにも何度か口にしたことがあったが、何回飲んでも苦いだけで、おいしいと感じたことはなかった。

「うまいか?」

「……うーん、微妙……。飲みなれてないからなぁ。炭酸ジュースだって柔道部では禁止されてたんだ。からだに毒だってね」

「じゃあ、無理すんな。気分を悪くして、その辺に吐かれたら困る」

東屋はグラスを私から取り上げてキッチンへ消えていった。ほどなく茶色い液体が入ったグラスを手に戻ってきた。

「はい、お子さま用のビール。炭酸とアルコールを抜いておきました」

そう言って私の前にグラスを置くとまた戻っていった。中身を口に含んでみると、麦茶だった。すっかり馬鹿にされている。

キッチンからはガスコンロの音、鍋が五徳と擦れる音、戸棚を開けて何かビニール袋をがさがさせる音が聞こえてきた。一人テーブルに残された私はグラスを片手に部屋を見渡した。食器棚の飾りガラスは曇り一つなく鏡のように磨き上げられていた。その鏡のようなガラス越しに棚を覗くと、中にはホテルかレストランの業務用と思しき白を基調にしたシンプルな洋食器類と地味な和食器が整然とならべられていた。その他には曜日と日にちだけが印刷されたシンプルなカレンダーが一枚と、駅のホームで見るような実用一点張りといった無骨な時計がひとつかかったきりで、窓と白い壁紙以外に何もなかった。

本来ならば襖があるべき場所にもそれはなく、正方形にぽっかりと空いた向こう側に東屋の寝室があった。ヘッドレストがない、ただ単に四十センチぐらいの高さまで底上げされた台のようなベッドの上に薄い灰色で統一された寝具がきっちりと畳んでセットされていた。そのベッドとは反対側の押し入れの戸の前に小さなテレビとラジカセが床に直接並べて置かれていた。どれも手前側の底に角材が嚙ませてあり、ちょうどベッドに寝転んでみたり、耳を傾けたりした時に具合が良いように調整が施されていた。突き当たりの壁一面には本棚が隙間なくならべられていて、本がびっしり詰められていた。寝室も窓と押し入れ、本棚以外は真っ白な壁があるだけで、ポスターや絵画の類は一切なかった。本棚には学校で一通り習うような古典的な純文学系の文庫本と、『三国志』や『水滸伝』といった歴史小説が中心に蔵書されていた。そして下段には大判の図鑑や百科事典、様々な辞書があった。

本以外に目を引くものとして、夥しい（おびただ）カセットテープがあった。それは本棚一本分ものスペースを占め、どのケースにも丁寧な文字で題名が記入されていた。大半は朗読か落語や講談で、題名のとなりに朗読者や演者の名前が添えられていた。

「できたぞ」

不意に東屋が声をかけた。本棚前で振り返ると、盆にどんぶり鉢を二つ載せて東屋がダイニングテーブルの前に立っていた。

「本当に好きなんだね、朗読」

私は率直に感想を漏らした。東屋はいつものように鼻先でフンと軽く笑い、顎先で座れと促した。

「上手な人の朗読を聞いていると落ち着くんだ。内容よりも、声質だったり、読むスピードだったりが、俺の耳に合うのかどうかが大事だね」

東屋は答えながら湯気の上がるどんぶり鉢と割り箸、蓮華(れんげ)を私の前に並べ置いた。

向かい合わせに座った私達の間には、いつの間にか用意されたクリスタル製の胡椒ミルがチェスの駒のように鎮座していた。東屋は胡椒ミルを手にとると頭についたボタンを軽く押した。モーターが回る音に重なるようにしてガリガリと胡椒の実が磨(す)り潰される音が深夜にそぐわないほど大きく響いた。黒い顆粒に粉砕された胡椒をたっぷりと自分のラーメンに振りかけると、満足したように薄笑いを浮かべて、胡椒ミルを私に寄越した。

「胡椒。結構効くからちょっとずつかけた方がいい。俺は麻痺しちゃって、真っ黒になるほどかけちゃうんだけどね」

東屋は蓮華の先を麺とどんぶり鉢の間に滑り込ませ、スープだけを一すくいすると静かに口に含んだ。納得するように頷くと、麺と具を軽く混ぜて啜り始めた。

「食えよ。インスタントだから直ぐにのびるぞ」

まっ白などんぶり鉢のラーメンには、挽肉ともやし、キャベツ、コーン缶を炒めた具と、生卵が落としてあって、インスタントとは思えないほど豪華だった。東屋の手つきを見様見真似で胡椒を落とすと、麺をすすった。じっとりと蒸し暑い夜の境内で冷や汗を流した体に、その塩気が心地よかった。この前食べたヤキソバと同様に一口すすり始めると、その美味さに箸が止まらず、気がつけばどんぶり鉢の底が見えるまできれいにスープを飲み干していた。

ふと顔を上げると、東屋の姿はなく、彼が食したどんぶり鉢もビールが入ったグラスもなかった。まるでその古ぼけたアパートに一人取り残されたような違和感が瞬時に私を取り囲んだ。

「お前の顔、こんなだぜ」

そう言うと「ママー、どこー……」と半べそをかいた迷子を演じながら東屋が戻ってきた。手にはスイカを載せた盆があった。

「だって……、急にいなくなるから」

「お前はガキか？　あんなに夢中になって食う奴を初めて見たよ」

「だって、うまかったから……。まあ、腹が減っていたのもあるけど、君は料理が上手なんだと思う。ヤキソバもそうだけど、才能があるよ」

東屋は私の賛辞を鼻先でフンと軽く受け流し、スイカを頬張った。

「もう末生り（うらなり）だからあんまり甘くない。でも、よく冷えてるから口直しには十分だ。食えよ」

私もスイカを頬張った。しばらくシャクシャクとスイカを貪る（むさぼる）音だけが二人の間を行き交い、うっすらと甘く青臭い匂いが部屋中に広がった。

ラーメンと同様に一足先に食べ終えた東屋は、またキッチンへと消え、五分ほどで急須と湯呑みを手に戻ってきた。まるで古女房が世話を焼く様なマメさだ。とても区内一の不良と呼ばれる男のイメージとはあわない。

東屋は湯呑みに熱いお茶を注ぐと私の前に置き、空になったどんぶり鉢やスイカの皿を片付け始めた。

「ご馳走さま。おいしかったよ」

「どう致しまして。こちらこそ病院の付添い、ありがとう」

東屋は手にしていた台布巾(だいぶきん)を置いて私に向き直り、軽く頭を下げた。

「……なんか、そんな風に言われてもね……」

「そう言うな。礼は礼、ケジメはケジメでキッチリしたいんだ。半端が一番良くない」

そう言いながら、テーブルの端に汚れ物をのせた盆をずらすと、私の正面に座った。

「とにかく、これで貸し借りはお互いにないはずだ」

じっと私の目を見て東屋は言った。

「……そう、だね……」

「夏期講習も終わったから、もう顔を合わすこともない。どっかで顔を合わせても、なれなれしく話しかけるなよ。それと、ここにも、もう来るな。俺はつるむのが嫌いなんだ。ああ、仕事関係は別な。あれは仕方がない……」

黙っている私をおいて東屋は席を立った。盆に手をかけながら深いため息をついた。

「お前の顔、こんなだぜ」

そう言って、目を潤ませながらしばしばと忙しく瞬きをし、口を尖(とが)らせた。

「……あのなぁ、これも前に言ったと思うけど、俺とつるんでると思われると、損をするだけだぞ。もうちょっと、慎重になった方がいいんじゃない？　それに、お前にだって友だちぐらいいるだろ？　学校とか部活とか。そいつらの所に帰れよ」

そう言って盆を手にキッチンへ運び、ほどなくしてダイニングテーブルへ戻ってきた。テーブルに東屋がつき直すと同時に深夜の天空で雷が鳴り響き、大粒の雨が落ち始めた。その雨は、網戸一枚を残して開け放たれた窓から、水しぶきが霧状になって部屋に入り込むほどの激しい降りだった。

「傘持ってないだろ」

窓ガラスを閉めながら東屋は言った。

「うん、ない。手ぶらだもん」

「拾い物のビニール傘がたくさんあるから、ひとつやるよ。返さなくていいから……。でもまあ、こんなどしゃ降りじゃあびしょ濡れになっちまう。もうしばらくいろよ。一時間もしない内に弱まるだろう」

「ありがと。じゃあ、もうちょっと、居ようかな……」

そう言って二人で向き合いながらお茶をすすっていると、外階段を上る足音が響いてきた。足音は東屋の部屋の前で止まり、ドアをノックする音に変わった。トントンと軽く指先で撫(な)でるようにして叩くノックがしても、東屋は振り向きもせずお茶をすすっていた。

　しばらくしてノックはスナップを利かせた拳(こぶし)で強く叩く音に変わった。そしてドアの向こうから声がした。

「いるんでしょ。あけなさい。怪我は大丈夫なの？」

　東屋は相変わらず振り向きもせず、手にした湯呑みに溜息(ためいき)を吹きかけた。やれやれといった顔つきで私を見ると、ゆっくりと立ち上がりドアに向かった。

　東屋がドアを開けると、そこには派手な化粧をし、ヒラヒラとした生地の小さなドレスを身につけた女性が立っていた。手には真っ赤な傘があった。

「こんばんは。夜分遅くに何か御用ですか？」

　背を向けているために表情は窺(うかが)えないが、声のトーンから何時になく静かな怒りをたたえたような対応をしていることが私にも分かった。

「何を他人行儀なことを言っているの。氷川様の境内で族の連中にやられたってお店で松田さんから聞いて飛んできたのに。ちょっと見せなさい。本当に大丈夫なの」

「ご心配には及びません。村木先生に診ていただいているし、この通りピンピンしてます。どうぞお引き取り下さい」

女性は東屋の胸を押して中に入ろうとしたが、東屋はびくともせずに玄関口に立ち塞(ふさ)がった。

「誰か来てるの？」

「誰でもいいじゃないですか。どうぞお引き取りください」

そう言って東屋は女性を外に押しやると、手荒くドアを閉め施錠した。

あっさりと諦めたのか、女はヒールを高く鳴らしながら去っていった。東屋は冷蔵庫から取り出した缶ビールとコーラをもってテーブルへ戻ってきた。私の前にコーラを置くと、自分はビールを開け一気に呷った。

「誰なの？　ちらっとしか見えなかったけど、綺麗な人だね」

私がコーラに口をつけながら尋ねると、不機嫌そうに舌打ちをして東屋が答えた。

「母親。もっとも親父とは離婚して、東屋姓を捨てちまっているから。今の俺とは赤の他人だ」

「……そうか。あのさ、ちょっと聞いてもいい？」

不機嫌な東屋に無謀にも私は尋ねた。東屋はチラッと私を見ると、鼻先でフンと唸り、了解とも却下ともつきかねる表情をした。無言のまま缶ビールの残りを呷ると、握りつぶし、テーブルを立つとキッチンへ消えた。バタバタと冷蔵庫や戸棚を開け閉めする音をさせてもどって来ると、二本の缶ビールと駄菓子屋で売っているような串に打たれたスルメの入った瓶を抱えていた。

「吐いてもいいから、お前も飲め。そうしたら答えてやる」

そう言うと、返事を待たずに缶を開けて私の前に置き、自分は瓶から飴色に炊かれたスルメを取り出し、むしゃむしゃとやり始めた。スルメに噛みつく様子を見る限り、相当にイライラしているらしい。

「で、何を聞きたい」

口を開きかけた私に顎先で『飲めよ』と東屋が促したので、私はチビリと一口含んでから言った。

「君の母さんはいくつなの？」

「……はぁ？　そこ？　質問って、普通『どんな関係なの？』とか『なんで一緒に住んでないの？』とかを聞くんだけど……。やっぱ、お前は変だ。まあ、いい……、何歳に見える？」

「うーん……、うちのおふくろは四十だから、まあそれに近い歳かなあ？　でもさっきチラッと見た感じじゃもっと若かったし……。まったく見当つかない」

東屋はスルメの串を口にくわえながら新しいビールを開け、口をモグモグさせながら答えた。

「二十九。十四の時に俺を産んでるから……」

「……嘘、中二で出産って、金八先生みたい……」

「あんな美談じゃないよ。第一、親父もあの女もまともに学校なんて通っちゃいない。それに産むだけ産んで、別の男の尻を追っかけてどっかに行っちまいやがったんだ、あの女は。俺は祖父さんに育てられたんだ」

東屋は私にスルメの瓶の口を向けて寄越した。甘辛いタレとスルメ独特の生臭さが混ざったものが私の鼻腔に飛び込んできた。無意識のうちに一本の串を手にし、口へ放り込んでいた。

「お祖父さんって、どんな人だったの？」

「……関東一円に名前の知られたテキ屋だった。小さな一家を自力で大きくした。東屋一家と言えば、堅気からも人気のある本当に俠気のある一家だったんだ」

「……そう言えば祭りで着ていた半纏に『三代目あずまや』って入ってたね」

東屋はスルメの串を口にくわえたまま、じっと宙に視線を漂わせていた。その仕草はとても私と同い年には見えなかった。

「曽祖父さんが立ち上げた一家で、祖父さんが二代目、そして親父が三代目だった。

よく店とか会社を『三代目が潰す』って言うだろう。その通りで、親父の代でなくなっちまった。俺が十歳の時に祖父さんが死んで親父が継いだけど、十分な修業を積んだ訳でもなく、遊び歩いていただけの不良に百人からの一家をまとめられるだけの力があるはずもない。最終的に当時の関東周辺で津波のように起こった組織の連合化に飲み込まれてなくなっちまったよ」

「親父さんは今どうしてるの」

「死んだ」

　東屋はあくびでも漏らすような感情の欠片(かけら)もない口調で即答した。さすがに気分を害したかと顔色を窺ったが、別段変わった様子もなく、新しいスルメを取り出してかじり、独り言のような小さくて抑揚のない口調で話を続けた。

「もう三年前になるかな……、交通事故。飲酒の上にヤクまでキメてラリッた状態で運転しているところをパトカーに呼び止められた。素直に捕まっておけばいいのに、三十分も逃げ回った挙句、中央分離帯に突っ込んでおしまい。遺体確認をしに行ったけど、もうグチャグチャよ」

　どういった言葉で相槌(あいづち)を打てば良いか分からず、私は黙ったまま缶ビールをまた一口チビリと飲んだ。東屋は食器棚の下段から真っ黒なウィスキーの瓶を取り出すとテーブルに置いた。いわゆるダルマって奴だ。父が大事そうに飲んでいるのを見たことがある。

「ビールでその様子じゃあ、これは止めた方がいいな」

振り向きもせずにそう言うと、綺麗なカットグラスを一つ手にして台所へ行き、氷を一杯にして戻ってきた。そして瓶から琥珀色と表現すべき液体を三分の一ほどまで注ぐと、手の中でカラカラと音を鳴らし、酒と氷を馴染ませ始めた。

「親父が死ぬ直前の肩書きは連合の専務理事だったんだ。でもまあ、実際は名前だけの『専務』であって、連合の運営からは蚊帳の外。執行部の連中からは『なんにも専務』とか陰口を叩かれる始末だった。祖父さんの代には百からの頭数があったのに、親父が継いで死ぬまでの二年間でたったの四人に減ったよ。それも親父と俺を入れてだから実質二人。抜けてった連中の中には自分で一家を構える奴もいれば、舎弟や子分を引き連れて博徒系の広域組織に鞍替えした奴もいた。例の松田ってのもその口さ。もともとはうちの若い衆だったんだ。まあ、この世界は義理を欠いちゃあやって行けないけれど、力の無い頭に付いて行ってもダメなんだ」

そう言うと、東屋はウィスキーを口に含んでゆっくりと飲み込んだ。どういった味がするのか想像もつかないが、眉間に寄った皺を見る限り、うまいものではないらしい。ほーっと口から火を噴くような仕草を一つすると、独白を続けた。

「で、まあ、知らない人は意外に思うだろうけど、テキ屋っていうのは結構真面目にコツコツ稼がないとダメなんだ。縁日や祭りに出かけて行って屋台を広げ、百円二百円の小銭をコツコツとね。つまり怠け者には向いていないし、それなりの頭数がないと一家としての体裁を保ちつづけるだけの金が回らない。で、金に困った親父は後先考えずに御禁制のクスリに手を染めた。あれは手っ取り早く儲かるから。そんでもって、売ると同時に自分でもやり始めた。で、あっという間にヤク中よ。ちょうど俺が小学五年の頃だったけど、毎日毎日訳の分からない理由で怒鳴られて、木刀やら拳骨やらガラスの灰皿やらで殴られた。俺だけじゃなくて、住み込みの若い衆も殴られるのが日課になってた。このままだと何時か親父に殴り殺されると本当に思ったよ。だから正直に白状すると、親父が死んでホッとした。嬉しかったと言ってもいいよ。祖父さんが死んだ時は悲しいとか寂しいとか、そんな気持ちで涙も出たけど……。親父のときは喪主をさせられたり、連合へ報告に行かなきゃなんなかったりで忙しかったこともあるけど、気持ちとしては喜びの方が圧倒的に強かった」

いつもの少し人をからかったような口調は全く消え、東屋はぼそぼそと独白を続けた。私は相槌の言葉を発することは元より、頷くことさえタイミングを失い、椅子の上でジッとして、時々ビールを口にするのが精一杯だった。

「新井薬師の裏手に百坪を超える屋敷を構えていたんだ。祖父さんの代のころは、薬師の縁日や北野神社の祭りの晩、それに大晦日や元旦には門に高張り提灯をぶら提げて、一晩中、人の出入があった。ほんの五、六歳のころの記憶だけど、祭りの夜のなんだか胸騒ぎがするような感覚は今でもハッキリ覚えてるよ。その屋敷も親父の借金で持ってかれちまった。それ以外にも祖父さんはかなりの資産を遺してくれてたんだけど、親父の代でスッカラカン。唯一、祖父さんが俺名義にしておいてくれたこのアパート合わせて十二室が残っただけ。それ以外は資産も暖簾も全部なくなっちまった。まあ家賃を合わせりゃあ毎月三十万ぐらいになるから、俺一人なら十分に暮らしていける。だから……、まあ、大丈夫なんだけどね……」

そう言うと氷が溶けたグラスの中身を一気に呷った。返す手で二杯目を注ぐと、またカラカラと手のひらで回し、酒と氷を馴染ませる。そして口を開き、何か言葉を発しかけたが、そのままつぐみ、酒の海に漂う氷をぼんやりと眺めていた。

「じいちゃん子だったんだね」

やっとの思いで私は言葉をひとつ挟んだ。東屋はじっとグラスを眺めながら軽く頷き、独白を再開した。

「ああ、絵に描いたようなじいちゃん子だったよ。祖父さんにとっても俺はただ一人の孫だったしな。本当にかわいがってもらったよ。地方に義理ごとがあって出かけるときは、必ず連れてってもらったし、テキ屋のイロハについて手取り足取り教えてくれた。ヤキソバ、わた飴、金魚すくい、射的、輪投げ、玉投げ、たこ焼き、あんず飴。屋台の組み方から啖呵の切り方、客あしらいに商品の並べ方、それに博打の打ち方までね。もっとも、酒の飲み方と、女の抱き方までは教えてくれなかったけどね……。当たり前か……。本当にもっと長生きして欲しかった。そうすれば間に親父を挟まずに、直接俺が継ぐような形にだってできたんだ。俺はさ、東屋一家っていう看板をもう一度掲げるまでは、どんなことでも耐えるつもりでやってんだ。親父が泥を塗ったのをもう一度、金看板にして連合の連中に拝ませないと、祖父さんが浮かばれないよ」

二杯目は大半の氷が溶け、水割りと呼べる濃度に希釈されるまで東屋は口をつけなかった。遠目には薄いウーロン茶にしか見えなくなった液体を東屋はゴクゴクと一気に飲み干した。

「大丈夫？　もう、かなり飲んでるよね？」

「大丈夫、大丈夫。これぐらいじゃあ潰れないよ。どうせ明日は仕事もないし、夏期講習も終わっちまって、特にすることはないから……」

「あの人、松田さんだっけ。挨拶に行ったりしなくていいの？」

東屋はフンとつまらなそうに鼻先を振ると、「何が松田だよ。誰のお陰で直参になれたと思ってんだ」と不機嫌そうに呟いた。そして、空になったグラスに一口分ほどのウィスキーを注ぎ、そのまま口に放り込むようにして飲んだ。さすがに喉が焼けたのか眉間に皺を寄せた。

「飲まないなら寄越せ」

そういってテーブル越しに私の手から缶ビールを奪うと、ゴクゴクと二口ほど喉に流し込んだ。

「なんだ、ちっとも減ってないな。まあいい。いつか飲み方を教えてやるよ。そうだなキャンプでも行くか？　奥多摩に良い場所があるんだ。そこで肉や魚を焚き火で焼いて、それを肴にして飲もう。夏休みとかは混んでるけど春先とかだったら、あんまり人がいないから誰にも邪魔されない」

そう言うと、東屋は立ち上がり、ちょっとふらついた足取りで寝室へと入って行き、ベッドに倒れるようにして体を横たえた。

「祖父さんが死ぬまで、俺は近所の友達ともうまくやってたんだ。祖父さんも一家の面々も、ご近所付き合いには本当に気をつかっていたし、周りの人たちも良くしてくれてた。ところが、祖父さんが死んだとたんに手のひらをひっくり返した様に態度が変わった。つい先週まで一緒に遊んでいた子たちが、親の言いつけで遊んでくれなくなった。今なら、なんとなく理解できるけど、当時は騙し討ちにあったような気分で、やりきれなかった。ある日、ちょっとしたことで近所の子とケンカになって、殴っちまった。大した傷でもなかったけど、そいつの親は大騒ぎして、警察まで呼びやがった。『やっぱりクズの子供はクズだよ』って聞こえよがしに言いやがった。肩身が狭いっていうのは、こういうことだなあって思ったよ。そっから親父が死ぬまでは、本当に地獄だった。家に帰れば親父に殴られる。外を歩けばゴキブリを見るような目に晒される。誰も相手にしてくれない。唯一、屋台の中で気忙しく働いているときが好きだった。商売を通じて、いろんな人が俺をまともに扱ってくれたから。そうこうしているうちに、親父が死んで今みたいな一人暮らしになったって訳さ」

東屋は丁寧にかけられたベッドカバーの上で大の字になって、天井をぼんやり眺めながら話し続けた。その独白は、私に聞かせるというよりも、自分の心と向き合っているようだった。

「……なんか、大変だね……」

　黙っていれば良いのに、私の口から余計な相槌がでた。まったく無意識のうちに言葉がこぼれた事に自分でも驚いた。

「別に大変じゃないよ……。『大変』って言うのは、住み込み修業の連中のためにあるような言葉。本当は俺も来年三月に中学を出たら、連合執行部の事務所に住み込みで入らなきゃならないんだ。早くて十八、遅けりゃあ二十歳すぎまでみっちりしごかれる。特例として、学校に通っている間は住み込みをしなくて良いことになってるんだ。しかも、数年前から大卒だと住み込みが免除されることになった。そんなこともあって、俺なりに高い受講料を払って夏期講習に通ったりしたのさ」

「……大学にも行くの？」

「……ああ、行く。俺より経験の浅い連中に住み込みまでして教えてもらう事なんて、ひとつも無いからね。それに……、俺はちゃんとした会社にしたいんだ、今の仕事を。会社にして、しっかりと続けられて、ちゃんと認めてもらえるようにしたいんだ。だからさ、経営学とか、商法とか、会計とか、そういうのを勉強したいと思ってる……」

　とても私と同学年だとは思えないほど、しっかりとした将来を東屋は語った。そして「おい、誰にも言うなよ。まあ、俺が大学に行くなんて言っても、誰も信じないだろうけどね……」と言葉を続けて小さく笑った。

「なんで俺ばっかりに話をさせるんだよ。お前はどうすんの？」

急に話を振られて狼狽した。

「……何にも、決めてない。とりあえず、普通に都立高のどっかに行くと思う。合格すればだけどね……」

「ふーん、で、その先は？　えっ？　決めてない？　あっそう。まあ、いいや。そもそも、お前って何が好きなの？」

口調は全く違うけれど、以前、親父にも似たような質問をされた覚えがある。

「うーん、そうだなぁ……、映画は好きだよ。封切される海外物は、だいたい見に行くから。英語を勉強しようと思ったのも、字幕なしで見られるようになりたいなぁって思ったからなんだけど……」

東屋は「へぇー」と小さく驚きの声を漏らした。

「いいじゃん、それ。なら、アメリカに行けよ。向こうは映画とか舞台とか、テレビドラマとか、いわゆる『エンターテイメント』が一大産業なんだ。仕事もいろんなものが、たくさんあるはずだから、チャンスがあるよ、きっと」

「……そうかなぁ……」

　東屋は失笑をもらした。

「責任はとらないよ。適当に言っただけだから。だって、お前の人生だもん。俺が考えてやる必要はないからね。でも、いいなぁ、アメリカ。俺も行ってみたい」

「なんだよ、せっかく真剣に聞いてたのに……」

「アメリカに行きたいか！」

　不意に東屋が某アナウンサーの口調をまねて言った。つられて私は「おー！」っと返しながら、右の拳を振り上げた。北米大陸をクイズしながら横断する人気番組のワンシーンだ。

「……まったく、バカにして」

「バカにしてない。いいなって思った。俺のドロドロしたのより、よっぽどいいよ。どっちかって言うと、俺のは復讐じゃん。お前のは青春って感じで……、卒業文集に書けそうな夢だと思うよ。とてもじゃないけど『稼業を健全な会社組織にします』なんて書けないもん」

　ちらっと私の顔を見ると、東屋は天井を見つめた。

「アメリカかぁ……。アメリカと聞いて、俺がパッと思いつくのはホットドッグかな。

一年ぐらい前かな、新聞だったと思うんだけど、読んだんだよ、記事を。確かニューヨークだったと思うけど、学もなく貧乏な男が、屋台を引いて、街角でホットドッグを一生懸命に売って、大成功したって話」

「……いかにも『アメリカン・ドリーム』って話だね」

「まあな、多少の脚色はあるかもね。でもさ、いい話なんだ。ひとつ一ドル五十セントだったかな、メニューはホットドッグだけ。でも、パンもソーセージも、しっかりしたところから仕入れて、一つひとつ丁寧につくって、少しずつ客を増やしてって。俺としたことが、その記事、どっかにやっちまったんだ。切り抜きをとっといたんだけど……」

「ホットドッグだけなの？」

「うん、しかも一種類だけ。チーズ入りだの、チリ味だのって増やさない。トコトン、普通のホットドッグだけ。でさ、客に『飲み物ないの？』って聞かれると、黙って向かい角のコーヒーショップを指さすんだって。格好いいよなぁ……。そういうの、あこがれるね、屋台で商売している一人として」

「ふーん、ホットドッグねぇ……。デパートの屋上とか遊園地でしか、食べたことないなぁ。なんか、ピンとこない」

東屋はちらっと私を見やると『分かってないなぁ』といった調子で首をふった。

「パン、ソーセージ、あと、ちょっとした野菜。そうだなぁ、キャベツとか玉ねぎとか。ああ、アメリカだと刻んだピクルスとか。キャベツもザワークラウトかもね。それにケチャップとマスタード、たったそれだけなんだけど、材料が少ないほうが難しいんだぜ、料理って」

「ザワークラウトをホットドッグにはさむの？」

「うん、うまいよ。酸味が効いてて。マスタードがなくてちょうどいい感じかな、ザワークラウトを使うんだったら」

「へーえ、食べたことがあるんだ。『大どろぼうホッツェンプロッツ』に出てくるよね？　ザワークラウト。でも食べたことはないなぁ」

「『ホッツェンプロッツ』かぁ……懐かしいね。挿絵でさ、魔法使いの屋敷の食糧庫があってさ、天井からソーセージとかサラミが吊るされてるのを見て、うまそうだなぁって思ったよ。まあ、ザワークラウトは期待したほどうまくはないよ」

「うーん、そうか……」

しばらく沈黙があった。たぶん東屋もあれこれと思い出していたに違いない。

「話を戻すけど、記事に写真がついてたんだ。小さな屋台だったな。あれでパンをトーストして、ソーセージを温めて、手早く盛り付けるのは、コツがあるんだろうな。もし、この目で見ることができたら、じっくりと観察して、メモでもとるよ。それに食べてみて、片言の英語になっちゃうだろうけど、あれこれ質問してみたい。パンはどこで仕入れてるのか？　とか、どれぐらいの温度で何分ぐらいトーストするのか？とかね。日本人はしっとりとして柔らかいパンが好きだけど、海外じゃあ硬くてちょっとパサついてるぐらいの方が、料理には合うって話も聞いたことがあるんだ。気候も違うだろうから、やっぱあっちで食べてみないと分かんないと思う」

「偉いねぇ、感心する……。君って本当に同い年？　実は十歳ぐらい年上なんじゃない？」

東屋は身をよじってうつ伏せになりながら「バカらしい……」とつぶやいた。そしてからだを丸めて、シャツやズボンを脱ぎ、パンツ一丁の格好になった。

「俺は寝る。キッチンの流し台に部屋のカギが置いてある。外からかけて新聞受けから中に投げ込んでおいてくれ。傘は玄関脇の下駄箱を開けてもらうと何本かあるはずだから、そこから好きなのを持って行っていいよ。どうせ拾ったものだから返さなくていい。じゃあな。おやすみ」

そう言うとさっさとタオルケットに包まり、すーすーと穏やかな寝息をたて始めた。

テーブルに残された私は、チラッと壁にかけられた時計に目をやった。二時を少しすぎたあたりで、普通なら深夜放送を聞きながら寝入っている時間だ。

どうしようかと迷っていると不意に東屋が言った。

「悪い、どれでも良いからテープをかけてくれないか」

その声はタオルケット越しでくぐもっていた。私は黙って立ち上がると、隣のダイニングルームからの光で薄暗くしか見えない本棚に近寄った。ラベルを読むには暗すぎることもあって、私は適当に胸の高さにある段の一番右端のテープを取ると、畳の上に腰を下ろし、ラジカセに差し込んだ。再生ボタンを押すと、しばらくの空白を置いて男性の声がスピーカーから流れた。

「ありがとう。『蜘蛛の糸』。江守徹だな」

出だしのお釈迦様が池のほとりを散歩している描写を耳にしただけで東屋は言った。そして「座るんだったら座布団使えよ。部屋のすみっこにある」と教えてくれた。

「本当に朗読が好きなんだね。どうして？」

座布団を尻に敷きながら、答えが返ってくることを期待せずに尋ねた。案の定、東屋は何も答えなかった。私が腰を浮かせかけると小さな声で答えた。

「祖父さんが好きだったのさ。その影響だな。祖父さんは学校というものに一切通わなかったらしい。通わなかったというよりも通えなかった。『読み書きソロバンは商売を通じて学んだ』って言ってた。だから学歴コンプレックスがあって、俺にもよく『最低でも高校までは出ろ。できたら夜学でもいいから大学まで行け』って言ってたよ。だから勉強については祖父さんの影響かもね。それで、まあ話は祖父さんの子供のころに戻るけど、昔はどこに行くにもリアカーを引いて長い時間歩いて行ったんだって。その道々で先輩からいつも色んな話を聞いて育ったらしい。昔のテキ屋は啖呵売といって上手な口上で客を引き付ける名人がたくさん居たらしいから、そりゃあとても面白くて、過酷な荷物運びも苦にならなかったんだって。そんな環境で育って、祖父さんは人の話を聞くのが人一倍好きになったんだそうだ。ところが一人前になって一家を構えるようになったら、人に話をしてもらえる立場でなくなった。逆に気の利いた話の一つもしなきゃあならない。そんな時にラジオの朗読や落語に出会ったんだって。以来、マニアになったって訳。で、じいちゃん子の俺もそれに染まった。それだけ」

「へえ……」

間の抜けた返事しか私はできなかった。

「そこにあるテープの大半は祖父さんの形見さ。本もそうだし、家具とか食器とかも。

もともとこの部屋は、祖父さんの書斎みたいなものだったんだ。もちろん家にも自分の部屋を持ってたけど、住み込みの若い衆とかも一緒に暮らしてたから、気が抜けなかったんだろうね。時々、この部屋に来ては朗読を聞いたり、本を読んだりしてたよ。俺と祖父さんは『アジト』って呼んでたよ、ここをね。俺にだけ合鍵をくれて、何時でも好きに使っていいぞって。だから、この部屋はなるべく祖父さんが使ったころのままにしてるんだ」

道理で中学生の部屋っぽくないわけだ。

「祖父さんからは、このアパートと、この部屋のものをもらった。ああ、それとおせっかいを焼いてくれる何人かの知り合いも……。大半は堅気の人なんだけど、祖父さんには世話になったからって、今でも俺によくしてくれるよ。祖父さんが残した背広を俺に合わせて仕立て直してくれるテーラーの親父さんとか、貿易商の社長とか。俺が着てるポロシャツとかGパンとか、靴なんかは、ほとんどその社長がくれたものさ」

そう言うと東屋はすーすーと寝息をたてた。

結局、『極楽ももう午(ひる)に近くなったのでございましょう』と締めくくられるまで、一緒に聞いた。

「終わったよ……」

そう声をかけたが、返事はなかった。一人残された私はすることもなく、しばらく夜の闇に降り注ぐ雨の音と、東屋の寝息とを聞き比べていた。


なるべく足音をたてない様に寝室を出ると、ダイニングテーブルの上に載ったグラスの類を盆に載せてキッチンへ運んだ。せめてもの礼にと、グラスやどんぶり鉢を洗い始めると、外階段を上る足音が聞こえてきた。その足音が部屋の前に来ると、ドアノブに鍵を差し込む音がして、外から戸が開けられた。ドアを開けたのは、東屋の彼女だった。私は少し焦りながら、ズボンの腿で濡れた手をふいて頭を下げた。つられて彼女も玄関先で頭を下げた。

「すみません、上がりこんで。もう、帰ります」

「いいんです。ゆっくりしていってください。……それと、病院の付添い、ありがとうございました」

彼女はたたきでもう一度姿勢を正して頭を下げた。そしてキッチンに上がると私が洗いおわった食器を布巾で拭い、手早く片付け始めた。とうとう、私にはすることがなくなった。

「帰ります。東屋君はベッドです。かなり飲んでいるので多分起きないと思います」

靴に足を突っ込みながらそう言うと、彼女は玄関先まで近寄り、もう一度頭を下げた。屋台の弱い明かりではよく分からなかったが、蛍光灯の下で見ると、相当に美人だった。しかし、その表情には疲れがハッキリと表れていて、『帰る』という私の言葉に少しホッとした、という気もちがありありと浮かんでいた。

外へ出ると雨はやんでいて、傘を借りる理由はなくなっていた。サンダル履きで外まで出てきた彼女に見送られながら深夜の路地を小走りで中野通りまで出た。新井薬師公園の児童館に据え付けられた大時計を見ると、午前三時を回っていた。もし母が起きていたら大目玉では済まされない時間だった。

六

祭りでの一件があった翌日、無理をして早起きをすると、睡眠不足の体を引きずるようにして中野区立中央図書館へ自転車を走らせた。開館とほぼ同時に到着すると、数の少ない個人ブースへ急いだ。運良く一番端の席が確保でき、カバンからノートや参考書の類を取り出すと、その上に突っ伏した。周りのブースから届く鉛筆を走らせる音や本のページを捲る音を聞きながらあっという間に眠りに落ちた。

頭を乗せた重みで手が痺(しび)れて目が覚めると、すでにお昼を過ぎて一時近くになっていた。変な時間に変な姿勢で寝たために心身ともにだるく、すでに勉強をする気は小指の先ほどもなかった。よだれと汗でしわしわになったノートと参考書をカバンに放り込むと、図書館を後にした。

自転車を押して中野駅のガードをくぐり、サンモール脇の路地からブロードウェイ商店街の裏手に回り込んだ。パチンコ店の駐輪場に自転車を置くと地下フロアーに直結する階段を下って、ブロードウェイに入った。巨大なアーケードに囲まれたその商店街は冷房が効いていて、真夏の日差しで火照った体に心地よかった。

階段で一階に出るとその足で直通のエスカレーターを使って三階に上がった。大型書店で漫画雑誌を一冊購入すると、二階の関西風お好み焼き屋へ向かった。カウンター八席だけの小ぢんまりとした店を夫婦で営んでいる。無口な亭主は、もっぱら注文取りや給仕、支払いを受け持ち、客が居る間は天井から吊り下げられたテレビを眺め、客待ちの間はスポーツ新聞を読むという、働く気が全く感じられない老人だった。対照的に四十代後半と思しき女房は愛想が良く、関西弁丸出しの世間話をしながら、カウンターの内側に設えられた鉄板で手際よく調理をした。すでに一時を回っていることもあって、客は私のほかには三人連れが一組しか居ない。しかもすでに食べ終えて帰り支度を始めていた。

お好み焼き定食ハムエッグ付きの注文を私が告げると、亭主は引き換えに御冷が入ったコップを無言で置いた。伝票に何かを書き付けると、カウンターの内側にいる女房に向かってチラッと見せた。女房は元気な声で「お好みハム付き」と注文を復唱し、鉄板に油を引き始めた。私は買ったばかりの漫画雑誌を取り出し、カウンターにもたれ掛かりながら読み始めた。頭の後ろで流れる高校野球のテレビ中継が適度な雑音になって、漫画の世界に入り込んだかと思うほど集中して読んだ。

「はい、おまちどおさん」という言葉と、関西風の甘いソースの匂いで急に現実に引戻された。目の前には楕円のステンレス皿に盛られたハムエッグ添えのお好み焼き、ご飯、味噌汁、香の物が載せられたプラスチックのトレーが置かれた。栄養素の大半が炭水化物で、カロリーの馬鹿高い定食だが、このボリュームで五百円という安さに引かれてついつい注文してしまう。

まず、味噌汁をひと口すする。具はいつも控えめで、今日は細く切った油揚げとワカメだった。その代わりに小口切りにされた青ネギがどっさりと放り込まれている。香の物は生姜を利かしたキャベツの浅漬けで、小鉢からあふれんばかりにたっぷりと盛られている。浅漬けをご飯にのせてかき込むと、ほどよい塩気がご飯の甘みを引き立てて絶妙だった。続けてトレーに添えられた小さなコテでお好み焼きを一口分切り分ける。関西の人はコテで上手に食べるそうだが、自分には無理なことが分かっているので割り箸に持ち替える。ドロッとした関西風のソースがたっぷりとかかり、その上に青のりと鰹節が振られている。ソースといっても東屋がヤキソバに用いていたそれとは違って、独特の甘みが強い。砂糖だか味醂だかをたっぷりと使って、コクを出す工夫をしているようだ。もちろん東屋がヤキソバに使っていたソースも旨味やコクはしっかりしていたが、もっとサラッとしていて、酸味が強く感じられた。そうすることで鉄板でこがすとうまそうな香りが強く立ち、客を引き付けるのかもしれない。

割り箸でつまんだお好み焼きを、一度茶碗の上でバウンドさせ、余分なソースをご飯に吸わせてから口へと運ぶ。お好み焼き専用ソース独特の甘辛い味が舌を直撃し、一口嚙むとカリカリに焼かれた豚バラ肉から甘い脂肪の汁が湧いて出た。その奥で小麦粉の香ばしい香りと、キャベツの甘みが絡み合っていて、なんとも表現のし難い旨味が口に広がる。

夢中で二口目、三口目と進み、あっと言う間に半分ほどがなくなった。ここで目玉焼きの黄身に箸を突き立てる。破れた目玉から黄身があふれ出し、お好み焼きに流れてかかる。黄身を満遍なくお好み焼きに塗りたくると、お好みソースと黄身がないまぜになったものを纏（まと）った白身とハムの塊を箸でつまみ、白飯茶碗の上へ移動する。そしてご飯をそれで巻き、パッと口の中へと放り込む。あきらかに下品な食べ方だと自覚はしている。それでも、この食べ方をしないなんて、もったいない。

一つひとつの手順をいつも通りにこなしつつ、今日も七分ほどで食べ終えた。うまいものの罪なところは、あっと言う間に食べ終わることだ。小さな声で「ご馳走さまでした」と告げ、百円玉五枚をカウンターに並べて店を後にした。亭主は頭も下げずに黙ってトレーと小銭を下げ、女房は中学生の私に丁寧すぎる礼を大声で寄越した。

階段に向かってのびる細い通路の右手には、アイドルグッズの専門店があり、入荷したばかりのポスターを貼り替える作業をしていた。反対側の雑貨店ではビニールのパームツリーの置物や、ガラスのサイドテーブル、缶製のシガーケースなどが床から積み上げられていた。

突き当たりの階段に差し掛かったところで、三階から声をかけられた。

「おい、吉田じゃねえか」

見上げるまでもなく分かる。校内一の不良である小川の声だ。

小川は昨晩の取り巻き連中と一緒に階段を降りてきた。

「ああ、よう」

私が曖昧に答えると小川は私の肩に腕を回し、そのまま一階に向かって降り始めた。取り巻き連中が取り囲み、周囲から見えないようにガードを張ると、小川は私の肩にかけた腕を首筋に移動させ、肱で絞めつけた。そして苦痛に歪む私の顔を眺め、薄ら笑いを浮かべながら階段を一段抜かしで足早に降りた。つられて私も早足になった。

「右肱がよお、痛えんだ。昨晩からよ。何でかな？」

私の顔色が変わったかどうか分からないが、努めて冷静を装って答えた。

「……そっ、そうなんだ。どうしたの……」

一階まで階段を降りると、裏手の通路に向かって小川は体をひねった。そのタイミングにあわせて突き上げた左膝が私の腹部を直撃した。私は食事を終えたばかりの胃から戻しそうになるのを必死にこらえた。

「しらばっくれてんじゃねえよ。おめえがよ、東屋の野郎とつるんでるとこを見てんだよ」

すでに私は何かを言い返す気力をなくしていた。ただ、ただ我慢をし、この瞬間が少しでも早く過ぎ去ることを願った。

「おい、見張っとけ」

取り巻きにそう言うと、小川は私の首筋を抱えたまま便所の個室に引っ張り込み、思いっきり腹に蹴りを入れた。たまらず私は便器に吐いた。そのまま便器を抱えて、しゃがみこむような姿勢になった私の腹、背中、脚に小川は蹴りを出し続けた。

「おら、なめんなよ、五中の人間が、なに中央中の東屋とつるんでんだよ。誰の許しを得てんだ？　コラッ、死にてえのか？　おめえはよお。うちの先輩が東屋にどんな目にあわされたか知ってんのか？　あっ、調子くれてんじゃねえよ」

私は必死になって便器の脇に体を入れ、蹴りを避けようとした。しかし、小川の足は容赦なく、蹴りから踏みつけに形を変えて私の体を痛めつづけた。私がぐったりと脱力すると、満足したのか小川は足を止めた。息が上がり、苦しそうに息継ぎをしながら私に言った。

「ケジメをつけろ。金で勘弁してやる」

そう言って私のズボンから財布を勝手に抜き取った。

「ちっ、これだけかよ」

小川は私の財布から紙幣を全て抜き取ると、胸ポケットに仕舞い、財布を便器に投げ入れた。「これだけか」と小川は言ったが、確か八千円は入っていたはずだ。それは小遣い一ヵ月半分に相当し、中学生の私にとってLPレコードを二、三枚も買える大金だ。

「おい、ぜんぜん足りねえよ。最低でもあと五万は持ってこい」

私が黙っていると、シャツの襟首をつかんで無理やり立たせ、下から顔を覗き込むように顔を近づけた。

「おい、分かったな。明日の三時まで待ってやる。そうだな、因縁の氷川神社でもらおうか？　三時に境内で待ってろ。いいな五万だぞ。一円でも足りなかったら許さねえからな」

そう言い捨てると踵を返し、トイレから出て行った。私は壁にもたれ掛かり、ずるずると滑るようにしてトイレの床にしゃがみこんだ。

急に拉致されたとはいえ、あまりに一方的にやられ過ぎたため、自分で自分が情けなかった。十年も柔道を続け、曲がりなりにも黒帯を締めているにもかかわらず、酷い負けっぷりだ。それに東屋と連れ立っている所を誰に見られたのかということも気になった。東屋の予想通りになったことを思い知り、ますます気分が悪くなった。

「あのお……、出てもらえませんか？」

サラリーマン風の中年に声をかけられるまでしばらく座っていた。よろよろと立ち上がり、便器に捨てられた財布を指先で拾い上げると、カバンを抱えて個室からでた。洗面台で顔と財布を洗い、ハンカチで拭った。鏡からは涙で目が腫れた情けない顔が見返していた。

　昼飯の大半を戻したにもかかわらず、夕飯もほとんど喉を通らなかった。母には夏バテ気味で食欲がないと誤魔化し、一番風呂に浸かった。

　小川の暴力は大した腕前で、洋服に隠れたところにしか攻撃を加えていなかった。鳩尾（みぞおち）周辺とわき腹、尻、太股（ふともも）周辺にテニスボール大の青痣（あおあざ）が無数にできていて、石鹸を塗った指先で軽く触れるだけでも激しく痛んだ。つい最近まで部活で相当の筋力トレーニングをしていたから、この程度の傷で済んだと思う。しかも、柔道の鍛錬で体に染み付いた受身が相当にダメージを緩和してくれている。もし、あの蹴りを後頭部や喉に受けていたら……。そう思うと体が震え、タライを持つ手が思わず滑った。

　脱衣所の鏡で改めて全身を映すと、湯で火照り赤味を増した皮膚にどす黒く変色した青痣がくっきりと見て取れた。自室にもどり救急箱からこっそり持ち出した内出血治療の軟膏をなすり込んだ。

　その晩、引出しの奥からお年玉の残りを収めた封筒を取り出した。本当はギターを買うために貯めていたもので、三万七千円ほどあった。小川の要求額にはあと一万三千円足りない。どうしようかと悩みながら布団に入ったが、情けなさ、恐怖心、悔しさ、怯えといった感情が体の隅々からふつふつと湧き、ちっとも眠れなかった。

寝返りをうつ、腕を下ろす、首を回すといった、ちょっと寝相を変える度に鈍痛が私の体を襲った。たった数分の暴力でこんなにも長時間、私という人間を恐怖と屈辱の支配下に置くことができるのかと思うと愕然（がくぜん）とし、明日までに、もし満額揃えられなかったらどうすれば良いのかという不安や焦りがいつまでも消えなかった。

深夜一時過ぎに便所で小用を足すと、真っ赤に染まった尿が便器に広がり、思わず悲鳴を小さく漏らした。初めて見た血尿は氷イチゴのシロップのように透き通ったピンク色で、真っ白な便器に広がると美しかった。こんな状況で、便器に散らばる血尿をみて『キレイ！』なんて……、いよいよ頭がおかしくなったと思った。

下着を汚さぬようにいつもよりも丁寧に陰部を仕舞うと、階下の台所へ降り、冷蔵庫から取り出した麦茶をコップで二杯のみ干した。以前に読んだ小説で、血尿を伴う内臓出血を負った主人公が水分を多量に取り、ドンドン放尿をすることで、体内に溜まった血を外へ出すようにしていたことを思い出した。勝手口に置かれたコーラの一リットル瓶を洗い、水道水を詰めた。

台所の電気を消そうと壁際のスイッチボックスに目をやると、その下に置かれた電話台に母の財布があった。朱色の印伝で出来たその財布は折り目の縁が擦り切れ、母と同じように少し疲れたように見えた。中身がパンパンに詰められているのか、財布の胴は丸々と膨れていた。無意識のうちに私の手が財布を持ち上げた。途端に『チリン』と鈴が鳴り、その音で我に返った。良く見ると財布のチャック部分に取り付けられた小さなお守りに括ってあった鈴だった。

親の金に手をつけるのか……。自分で自分が情けなくなったが、その気持ちとは別の意識が私の手を動かし続けた。二つ折りの財布を広げ、中を見ると、そこには三枚の千円札があるだけで、それ以外は大量のレシートとサービス券の類だった。こんなに少ないのでは、失敬しましたとメモを挟んで持ち出すようなものだった。結局、一円も抜き取れずに財布を戻し、水を詰めたコーラの瓶を抱えて自室へトボトボと戻った。朝までの数時間、一睡もできずに水を一リットル飲み、トイレに五回行って大量の尿を出した。最後に放ったものは血の混じりがなく、薄らと黄色い普通の小便に戻っていた。

七

朝になった。まったく食欲はなかったが、母に怪しまれると厄介だと思い、無理をして用意されたトーストと目玉焼き、牛乳とヨーグルトを食べた。朝食の席を立つ際に「図書館へ行く」と告げると、私の顔をじっと見て母がいった。

「あんた、大丈夫？　どこか悪いんじゃないの？」

「……別に。大丈夫だけど……」

「……そう、なら、いいけど。ああ、図書館に行くんだったら、カーディガンか、長袖のシャツをカバンに入れていきなさい。冷房が効いてるだろうから、涼しくていいかもしれないけど、体の芯まで冷えると夏風邪をひいちゃうわよ」

「……はいはい。ウィンド・ブレイカーを持ってくよ」

そもそも、別な目的でウィンド・ブレイカーと帽子は持っていくつもりだった。母はまだ何かを言いたそうだったが、小さくため息をつくと頷いた。

七時半ごろ自宅をでると、普段よりもゆっくり自転車を漕ぎ、中野通りにつくまで、さんざん迷った挙句、ブロードウェイへと自転車を走らせた。

ブロードウェイの一階には中野駅を利用する通勤中のサラリーマンやＯＬが大勢歩いていたが、二階は全ての店がシャッターを下ろし、人影は全くなかった。どのシャッターの前にも、問屋が降ろして行った荷物が置かれ、段ボール箱や、プラスチック製の通い箱の上に複写の納品書が載せられていた。一旦、三階まで上がり後ろポケットに差した帽子を目深（まぶか）にかぶり、脇に抱えたウィンド・ブレイカーを羽織った。それから深呼吸をしてゆっくりと階段を使って二階に降りた。

通路の突き当たりに設置された防犯カメラの視線を感じながら、なるべく自然な態度でレコード店の前まで歩いた。店の正面にはＬＰサイズの段ボール箱が一つと、それよりも一回り大きいものが重ねて置かれていた。私の心臓は普段の倍以上の速さでドクドクと鼓動し、今にもせり上がって口から飛び出そうだった。箱の上にセロハンテープで軽く止められた伝票を取ると、内容を確認するそぶりをしてからポケットに仕舞った。そして両手で箱を抱えると、階段に向かって引き返した。

そのまま、人目を引かないようにゆっくりとした足取りで裏口からブロードウェイを後にすると、自転車置場を通り過ぎ、近くの駐車場へ入った。ここには廃車になった幌付きトラックが一台停められたままになっていて、悪友達の間で自宅に持ち帰りにくいものを隠すのに使われていた。

トラックの荷台に段ボールをおろすと自分も上がった。所々穴の開いた幌の内部は薄暗く、夏とはいえまだ十分な明るさがなかった。悪友の誰かが置きっぱなしにしている懐中電灯のスイッチを入れた。投光部のレンズと反射鏡が外され、電球代わりにしているものだ。ＬＰサイズの段ボール箱を封じていたガムテープを引き剝がすと、梱包材の下に五十枚強のアルバムがあった。大半は演歌物で、その他にクラシックと思しきオーケストラの写真を配したものが五枚、ジャズやポップスの類は一枚もなかった。自分が多少なりとも知っているアーティストのアルバムならば、中古ショップの買上げ価格が予想できるが、演歌やクラシックは見当もつかなかった。

　落胆する気持ちをそのままに、もう一つの箱を開梱すると、こっちはカセットテープだった。その大半も演歌や浪曲、落語、講談といった代物で、自分が知っている中古レコードショップや貸しレコード屋に持ち込めそうになかった。

　失望感でいっぱいの頭を抱え込んで、荷台に座り込むと涙が溢れてきた。泥棒の真似、いや泥棒そのものになってまで金を作ろうとしたのに、これでは何の意味もない。そのささくれ立った私の気持ちをさらに苛立たせるように、多数の蚊がブンブンと飛び回っては肌に着地し、容赦なく血を吸い上げた。

　少なくとも窃盗の証拠を隠滅するためにも、このレコードとカセットをどこかへ捨てに行かなければならない。盗んだままの箱で持ち歩く訳にも行かず、荷台の中を見回して移し替えるのに適当な袋を探した。結局、ヌード雑誌を多数放り込んであった紙袋を見つけ、それにレコードとカセットを移した。ふと手の中にあるカセットテープを見ると、それは『水滸伝』の朗読だった。

東屋の家へと続く路地は、夜とは違って異様なまでに汚く見えた。あの晩は雲が出ていて何時もより暗かったこともあって、道端の吸い殻やスナック菓子の空き袋、空き缶や古新聞といったゴミの類が目に入らなかった。どの窓も埃が溜まり、磨りガラスのように曇って内側を窺い知れない部屋が多かった。

東屋の部屋の玄関に着くと、呼び鈴を探したが見当たらなかった。そう言えば、東屋の母親もドアをノックしていたと思い返し、コンコンと軽く叩いた。しばらくして内側から人の気配がした。

「もう、ここには来るなって言ったろ？　俺の方には用はない。さっさと帰れ」

ぶっきら棒な声がドアの向こうから返ってきた。

「……分かってる。そうなんだけど……」

私は臆病窓に向かって声を振り絞った。

「頼みがあるんだ……。話が済んだら、すぐ帰るから……」

「チッ」と大きな舌打ちが聞こえると、鍵が外される音がして戸が開けられた。

「なんだ、泣きべそでもかきそうな面をして。お前の顔、こんなだぜ」

ムッとしつつ、伏し目がちの顔を作りながら東屋は言った。そして私の反応も確かめずに部屋へ戻っていった。何も言われないので玄関口で戸惑っていると、顎先をしゃくって「入れ」と言った。

「どうした。もう俺が恋しくなったか？　それに頼みってなんだ？」

そう言って笑う東屋を私はどんな顔で見つめ返し、どんな言葉を返そうかと迷った。こちらが何かを言い出す前に異変を感じ取ったと思しき東屋は、すっと右眉を吊り上げ、無言のまま私の肩を押してダイニングテーブルに座らせた。

「どこをやられた。いつだ。相手は誰だ。言ってみろ」

私の隣に立つと、シャツの裾をめくり私の体を観察した。私は親に叱られたような感覚に囚われた。素直にしゃべってしまいたい誘惑に一瞬駆られたが、東屋の手を振り払うことで一緒に追いやった。

「そんなこと、どうでもいい。これを買ってもらえるところを教えてもらいたくて……。どこか紹介してくれない……」

そう言うと私は両手に提げた紙袋から中身を取り出し、テーブルに並べた。何か言おうと口を開きかけた東屋は、そのまま口をつぐみ、無言で私の並べるレコードとカセットテープを見た。

「どっからかっぱらった」

「かっぱらったんじゃなくて、拾ったんだ」

「拾ったんなら交番に届けろ。道徳の時間にそう習っただろ」

「うるさいなあ。教えてくれるのか、教えてくれないのか、どっちなの。あんまり時間がないんだ、頼むよ」

私は気丈に言いかけて、途中から急に情けない口調になった。私の顔とテーブルに並べられた品物とを見比べた東屋は、ふうっと一つ溜息をついて椅子に座り直した。

「これを全部まとめても一万円にもならないぞ。買う相手も盗んだ物と覚悟をして買う以上、それなりにリスクを負うんだ」

私は少なくとも二万、うまく行けば三万ぐらいにはなると踏んでいた。一万円では小川の要求額に三千円足りない。

「一万三千円にしてもらえないかな？」

「無理だね。相手の機嫌を損ねたら、五千円にもならないぞ」

東屋はそう言うと、冷蔵庫まで歩いて行き、缶ジュースを二つ取り出した。

「飲めよ。知り合いが愛媛から送ってくれたんだ。百パーセントの伊予柑ジュース。うまいぜ」

東屋は一本を私の前に置くと、自分の手元にある缶を十回ぐらい激しく振った。そして口をあけ、うまそうにごくごくと喉を鳴らし、一気に飲み干した。缶をテーブルに置くと親指で唇を拭った。

「で、なんで一万三千円なんだ。素直に言えよ。カツアゲでも喰らってんのか?」

東屋は無駄な前置きを抜きに、ストレートに質問をした。

「分かった。一万円でいい。とにかく、そこを紹介してよ」

私は東屋の質問を無視して言った。東屋はゆっくりと首を振った。

「ダメだ。紹介してやれない。故買屋っていうのはとても用心深いんだ。簡単に今から行きます、買ってください、とは行かない。俺が一人で行って金に換えて来るしかない。でも、そうしたいなら、俺としても物の出所については理解をしておく必要がある。正直に事情を話さないと相手の信用は得られない。言え。どうせ、その痣に関係してるんだろう。誰にやられた」

黙っている私を東屋は静かな半眼で見つめ続けた。私は言葉を出せずにその場に固まって座っていた。気がつくと涙が流れていて、ズボンにぽたぽたと染みを作った。

「全くの勘だけど、祭りで俺に因縁をつけてきた連中だろう？　あの原付で殴りかかってきた奴ら。違うか」

私は、黙ったままコクンと頷くのがやっとだった。その瞬間に感情の緒が切れて、声を漏らして泣いた。東屋は黙って立ち上がるとティッシュの箱を私の前に置き、キッチンへ消えた。しばらくして私の感情が納まるのを見計らったように、アイスコーヒーを両手にもって戻ってきた。

「飲めよ。そんだけ泣いたら喉も渇くだろう。ジュースはもったいないから、取り上げる。また今度な」

そう言って私のグラスにストローを刺すと缶を取り上げて冷蔵庫にしまった。ゆっくりとした足取りで自分の椅子に戻ると、グラスに直接口をつけてブラックのアイスコーヒーをゴクゴクと飲んだ。何を飲むにしても東屋は飲みっぷりが良い。

「で、あいつらなんだな」

私は無言で頷くと、昨日のトイレでの一件と貯金が三万七千円しかないこと、足りない金を作るために以前から無用心だと思っていたブロードウェイの配達品を盗むことを思いつき、それを今朝方実行したこと、廃トラックの荷台で箱を開けてみたら、思っていたものではなかったことなどを話した。東屋は時折確認するように聞き返したりしながら、私からするすると情報を引き出した。

「ふーん。で、生まれて初めて本格的な泥棒をしたのに、箱を開けてみたら演歌やら講談やらで困ってるわけか。なるほどねえ」

　私はうな垂れた姿勢のまま、ほとんど氷が溶けたグラスからストローで一口だけ吸い上げた。冷たい液体が口に入り、喉へ落ちると同時にコーヒー特有の芳香が鼻を貫いた。コーヒーをブラックで飲んだのは、これが初めてだった。これまでスプーン二杯以上の砂糖とたっぷりのミルクを入れて飲んでいた。勝手な想像でブラックコーヒーは苦くて不味(まず)いと決め付けて、飲んでみたことがなかった。漠然と自分も大人になったらうまいと感じられるだろうか？　と思ったことはあったが、自分から進んで手を出したことはなかった。そもそも我が家ではコーヒーを飲む習慣がなく、せいぜい缶コーヒーをたまに口にする程度だった。たかがコーヒーだが、そのコーヒー一口分で、東屋と自分との違いを思い知らされた。

「それで、そんなムカつく奴に泥棒までして金をくれてやるの？」

　相変わらずうな垂れる私に向かって東屋は質問を始めた。口調はやんわりとしているが、口を閉ざしつづけることは許さないというメッセージは十分に伝わるほど、ハッキリとした声だった。どう答えようかと逡巡したが、涙を流した途端に私の頭の中は思考を停止していて、何を答えれば良いかも判断できないほどだった。

「良く分からないけど、仕方がない……」

「なんで仕方がないんだ」

「だって、相手はケンカ馴れしてるから、僕なんて簡単にボコボコにされちまうよ。その上、いつも五、六人でつるんでるし……、とても勝ち目がない。今回うまく逃げても、夏休みが明ければ学校で毎日顔を合わすし。これ以上もめたくないんだ」

「で、五万もってったら、許してやるって約束してくれたのか？」

私はうつむいて首を振った。そのことは気になっていた。

「だろうな。まあ五万円用意できたら用意できたで、便利なお財布代わりにこれからもたかられるだろうし、用意できなかったら用意できなかったで、難癖をつける理由ができるわけだ。まあ、見事な因縁の付けられっぷりだな」

東屋は『はあーあ』と大げさに溜息をついて、両手を腰の辺りで上に向け肩をすくめた。露骨に馬鹿にされたとあって、さすがに私もカチンときた。

「じゃあ、どうすればいいんだよ」

東屋はクスクスと笑いを漏らし答えた。

「悪い悪い。あんまりお前がしょんぼりして情けなかったから。まるで雨の日に拾われるのを待っている子犬みたい。まあ、口答えする元気が出てきたということで、ちょっと安心。で、まあ、ハッキリ言ってお前は甘い。それに自分を過小評価している。あのなあ、顔見知りのカツアゲはいつまでも続くんだ、いつまでも。通りすがりで、二度と顔を合わせないで済みそうなら素直に払って難を逃れるのもありだけど、学校とか塾とか、しょっちゅう顔を合わせる相手には、一回でも払ったが最後、よほど距離を開けない限り、ずーと追いかけ回される。例えば引越しをするとかな。で、そういうことを考慮しても、お前はあんな奴らに金を払うべきじゃない。

それに、あんな奴らに払うまでもなく、その気になったらあいつらから逆に貢いでもらってもいいぐらいだ。お前柔道初段だろ？　あんな不摂生なヤンキー兄ちゃんに何で負ける？　本気でやりあったら、五、六人まとめて相手にできると思うね」

東屋はそう言って席から立つと、私が机に広げたレコードやカセットテープを紙袋に仕舞い始めた。途中で「伝票とかって、なかった？」と言って、私からそれも奪った。

「いいか、良く考えろ。選択肢は二つ。一つ、このまま金を渡して、奴らのおもちゃとして残りの中学生活を送る。二つ、ここでキッチリと白黒つけて、あいつらに二度とお前とかかわりを持ちたくないと思わせる。どっちかだ」

　背中を丸めてうな垂れる私は、東屋を見上げた。その私の顔を一瞥（いちべつ）すると『はあー』と溜息をついて首を振り、東屋が言った。

「本当に捨てられた子犬みたいな顔をするな。分かったよ、こいつは俺がなんとかする。お前はここでしばらく待ってろ。昼前までには戻って来る。昼飯は俺が適当に用意するから、その机で大人しく勉強をするなり、昼寝をするなりしろ。ベッド使っていいから。どうせ一晩中寝てないんだろ？　徹夜明け丸出しの顔しやがって。分かったな」

　そう言うと東屋は二つの紙袋を提げて出て行った。

　一人残された私はぬるくなったコーヒーを飲んだ。残念ながら最初に一口ふくんだ時に驚きを届けてくれた芳香はすでになく、黒くてニガイだけの汁に変わっていた。

　東屋の薦めに従って数学のテキストを取り出してみたが、集中力の欠片さえなくなったのか、一分ともたずに放り出した。カバンに勉強道具一式を乱暴にしまうと、寝室に入り込みテレビをつけた。ちょうど高校野球の中継をやっており、ＰＬ学園の清原と桑田が活躍していた。

　あんまり野球に興味はなかったが、他にやっている番組と言えばオバサン向けのバラエティと再放送のドラマやアニメばかりだった。画面の中で活躍する高校生は、自分と一つ二つしか歳が違わないにもかかわらず、大きな体を縦横に躍動させ、とてもアマチュアの試合には見えなかった。

冷房の効いた部屋で布団に寝そべってテレビを見呆ける自分と、炎天下で大勢の視線を浴びて活躍している高校球児との違いをぼんやりと頭の片隅で思った。来年、高校に進学できたとして、小川のような奴に強請られながら怯えて暮らすのであれば、あまり意味はない。わざわざ受験勉強をして半端な高校に行くぐらいなら、父の提案どおり自衛隊にでも入った方が良いなあ。そうすれば、この町から出て行ける。そうすれば、小川から強請られずに済む。自衛隊なら好きな柔道も続けられるかもしれない。額がどれぐらいか分からないけれど、給料がもらえるなら、もっと自由に好きなものが買えるかもしれない。そんなことを頭の中でぐるぐると考えながら高校野球を眺めつづけた。

「おい、起きろ。飯だぜ」

衝撃でハッと気が付き、いっぺんに目が覚めた。どうやら東屋がマットレスを蹴っ飛ばしたようだ。飛び起きるようにして立ち上がると、東屋がケラケラと目の前で笑っていた。

「人の布団にたっぷりと涎（よだれ）を垂らしやがって。言っとくけどこの布団で女とやるんだぜ。もうちょっと気をつかって欲しかったね」

私は慌てて口の端を手の甲で拭い、枕の辺りを見回した。

「嘘だよ。お前は人が言ったことを何でも鵜呑（うの）みにしすぎる。もうちょっと確かめてから反応するとか、考えてから動けよ。とにかく、こっちに来い。飯を食おう」

東屋の後についてダイニングテーブルに着くと、冷やし中華と鶏の唐揚げ、春巻きが並んでいた。こちらが戸惑うのを無視して東屋は自分の皿に箸をつけた。

「食えよ。話はその後だ」

私は食欲が戻っていた訳ではなかったが、せっかく用意してくれた東屋に悪いと思い、割り箸を冷やし中華に差し込んで一口啜った。ほどよく酸味の効いたタレにはゴマの香りが添えてあって、今までに食べたことのない味がした。麺はシコシコと腰があって、その辺の下手な中華料理屋よりもうまかった。二品の揚げ物は少し冷めてはいるが、一嚙みするとネットリとした旨味が口の中に広がった。

「この間のラーメンもうまかったけど、今日もおいしい……。本当に料理が上手だね」

「ちゃんと種も仕掛けもあるよ、この飯にはね」

東屋はそう言いながら顎先で『早く食えよ』と示しつつ言葉をつづけた。

「この二筋向こうに高級中華店のセントラル・キッチンがあるんだ。以前は仕出し料理屋だった建屋なんだけど、そこを買い取って面倒な下ごしらえとか、味の基本をつくる鶏ガラスープをとったりしてる。そこから内々に分けてもらってるんだ、麺とかタレなんかは。たっぷりとした湯で時間通りに麺を茹(ゆ)でて、冷水でしっかりしめれば誰でもこの味になるよ。あと野菜を丁寧に細かく刻むことかな。つい面倒で適当にすまそうと思うけれど、そうすると麺とからまなくて、口の中でもごもごしてしまう。なんでもそうだけど、手間を惜しむとろくなことにならない」

私はなるほどなぁ……と感心しつつ、黙って箸をすすめた。東屋は鶏唐揚げには辛子醤油を、春巻きにはそれに酢を混ぜたものを擦り付けて食べていた。そのために取り皿を二枚使うほどだ。

「わざわざ取り皿を換えるなんて、随分と丁寧な食べ方だね」

東屋は鼻先でフンと軽く笑うと問いかけに答えた。

「丁寧に作ってあるんだ。食べる側も丁寧に食べないと。一流の中華料理屋と二流以下のそれとの違いは何だと思う?」

私は麺を頰張りつつ『さぁ？』とばかりに首を傾げた。

「洗い物の手間を惜しまずに、取り皿をふんだんに出してくれる店か否かさ。それと、温かいものは温かく、冷たいものは冷たく出す。それにつきる」

私は相変わらず麺をすすりつつ「へぇ」と答える。東屋は呆れた表情だった。

「お前の顔、こんなだぜ？」

東屋はそう言うと、口いっぱいに麺を頰張り、鼻をひくひくさせながら首を傾げ、目をしばしばと見開いた。思わず私は喉を詰まらせ手元の麦茶に口をつけた。

「今の偉そうな話は、どれも祖父さんの受け売りさ」

ちょっと寂しそうな口調の東屋は言葉を続けた。

「祖父さんの趣味が朗読やら講談やら落語やらを聞くことだと前に話したと思うけど、あといくつかあって、一つが食べ歩きで、もう一つが着道楽。どちらも一人だと寂しいらしく、小学校に上がると連れて行ってもらったよ、あちこちに。この昼飯も、祖父さんが贔屓にしていた銀座の店のものさ。唐揚げと春巻きは駅弁用のおかずを分けてもらったものだし、冷やし中華の麺とタレは本店で出しているものを分けてもらったんだ。具がまるきり違うけれども、その店で注文すれば三千円はする代物さ。もちろんクラゲだの、蒸し鶏だの、凝った具がのってるから、決して高くはないと思うけどね」

「……君のお祖父さんに会ってみたかったよ」

東屋は小さく首を左右に振ると、麺をすすった。余計な事を言ってしまったと悟った私は、つぎ足す言葉も見つからず手元の食事に箸を落とすしかなかった。

「食べられるだけの元気がもどってなにより」

十五分ほどでテーブルの品をきれいに平らげると、東屋がやわらかい声でそう言った。その口調はまるで母親のようだった。

私が「ごちそうさまでした」と頭を下げると、東屋は弛んだ口元を引き締めて表情を取り繕うと、少し姿勢を改め、おもむろにズボンのポケットから千円札三枚と五千円札一枚を出して私の前に置いた。そして軽く頭を下げると私の目をじっと見て言った。

「八千円にしかならなかった。俺の力不足もあると思うけど、これが精一杯。ああいった好みに左右されるものは捌きにくいんだ。次にやるんだったら、乾電池とかフィルム、カセットテープ、煙草とかにするんだな。数がでて、そこそこの単価の物が、買い手がつきやすい」

テーブルの上に並べられた三枚の千円札と一枚の五千円札。くしくも昨日、小川に奪われた金額と一緒だ。

「いや……、ありがとう。自分じゃあ金に換えることもできないし、古本屋や貸レコード屋に持ち込めば警察に電話されていたかもしれない。本当に助かったよ」

私はテーブル上の札に手を伸ばしかけた。途端に東屋が四枚の紙幣をサッと取り上げ、二つ折りにしてポケットに仕舞った。

「ダメだ。こいつを渡すには条件がある」

私は黙って東屋を直視した。東屋も私の顔をじっと見るとそのまま黙り込んだ。思案顔の東屋はすごく頭が良さそうに見えて、とても区内一の不良には見えない。

「お前、小川をやっちまえよ！」

一瞬東屋が意図したことが理解できなかった。

「……はぁ？」

私はやっとのことで腑抜け(ふぬ)のような相槌をうった。

「そんなポワーンとした顔してないで、真剣に考えろ。いいか、もし俺がお前なら最初が肝心とばかりにトコトンやる。昨日のことは事故みたいなもので、お前もビックリしていて一方的にやられてしまっただけだろ。今日は何時にどこどこでと馬鹿なあいつらは時間と場所を指定してきた。こちらとしては十分に準備ができる」

東屋は私の目をじっと見て言葉を続けた。

「もしヤルなら俺がコーチをしてやる。やらないならそれまで。好きにすればいいさ。その代わりに、この八千円は満額渡せない。手数料として五千円は俺がもらって、三千円だけ払ってやる」

そう言うと東屋は立ち上がり、机の上の食器を片付け始めた。私が手伝おうとすると、手のひらで制した。

「いいから、よく考えな。俺は今から後片付けをしてコーヒーを淹れる。大体三十分ぐらいかかるから、その間に考えをまとめて、俺に話せるようにしておけ。いいな」

そう言い放つと、私をテーブルに置き去りにしてキッチンへと消えた。

キッチンからは、水が流れる音や食器同士が小さく当たる音、戸棚をパタパタと開け閉めする音、沸騰してピーとなる笛吹きケトルの音、高い位置から水をポタポタと落とす音が時折届いた。それらを耳の端に捕らえ、窓の向こうに続く家々の屋根を漠然と眺めた。

『考えろ』という東屋の言葉で暗示でもかかったのか、しばらく小川とその取り巻きにどうやって対処すべきかを考えた。しかし、頭に浮かぶのは便器横で無様に倒れる私を容赦なく踏み付ける小川の靴先ばかりで、こちらが優位に立つような場面は少しも頭に浮かばなかった。

「で、まとまったか?」

東屋の声で我に返った。

「寝てたんじゃねえだろうな? ほら、これでも飲んで目を醒ませ」

東屋はそう言って温かいコーヒーが入ったカップを私の前に置き、自分も大振りのマグカップに口を付けながら向かい側に座った。ゆっくりと足を組むと次のように発した。

「で、結論はでたか?」

やたらと『で』とつける東屋に向かって私は黙って首を振った。東屋は溜息を小さく漏らし、しばらく私の顔を眺めた。そして意を決したように頷くと言った。

「まさか、この期に及んで『柔道をケンカの道具に使わないと自分に約束した』なんていう寝ぼけたことを言うんじゃないだろうな。よし、じゃあ、俺がいくつか質問してやるから、それに答えろ。いいか正直に答えろよ」

そう言ってマグカップを置くと、組んでいた足を解き、私と真正面に向き直ると質問を始めた。

「これからも小川になめられ続けたい。はい、いいえで答えろ」

「いいえ」

「小川が怖い」

「…………」

「どうした？　小川が怖いか？」

「……当たり前でしょ……」

「だから、はい、いいえ、で」

「……はい」

「小川達とやり合ったら勝てそうにない」

「……うん」

「うん、じゃなくて、はい、ね。えーと、小川と一対一でやったら勝てると思う」

「うーん。まあ、一対一なら一方的な負け方はしないかな……」

「はい、いいえで答えて」

「はい」

「小川との約束の時間までに、自分に有利になるような細工をする余裕はある」

「………」

「答えろよ」

「……どうなんだろう……、わかんない」

「だから……、はい、いいえ、で答えろって」

「……はい」

「小川とやり合う決心がつきましたか?」

「………」

「おいおい、ここはおとなしく『はい』って言う所なんだけど」

そう言って笑うと、席を立って寝室へ消えて行った。押し入れの戸を開ける音や、引出しの中をガサゴソとかき混ぜる音がして、しばらくすると両手に荷物を抱えて戻ってきた。

「おい、決められないようだから、俺が決めてやる。やれ。絶対に勝てる。いや、俺が勝たせる。いいな」

「ちょっ、ちょっと待ってよ」

東屋はテーブルの上に荷物を広げながら首を振った。

「ダメだ。とにかく俺の話を聞け。あいつらに絶対に勝てる方法がある。それをこれから説明する。それに今から自転車に乗ってダッシュで行けば、二時前には氷川神社に着く。どうせ連中は大物ぶって三時よりもかなり遅れて来る。だからお前は十分に準備ができる」

そう言って東屋はテーブルの上からカップ類を片付けると古新聞を敷き、その上に荷物を広げながら説明を始めた。

「あのな、あいつらが何人いても小川を潰せばそれで終わりだ。俺も奴らとは随分昔からイザコザをくり返しているから、大体のことは分かってる。五中で本当にケンカが強いのは小川だけだ。だから、ほかの連中がどんなに粋がっても小川が潰されたら、びびっちまうはずだ。だから、まずどんな手を使っても小川を潰せ。あいつが立てなくなるまでトコトンやれ」

東屋はナイロン袋をがさがさと漁(あさ)って、警棒を取り出した。右手でグリップを持つと下に向かって軽く振って伸ばし、左の手のひらに打ち付けて感触を確かめた。

「連中が氷川神社に落としていったやつだ。結構しっかりしている。これで思いっきり小川をぶん殴れ」

東屋は自分の腿に先端を打ち付けて警棒を縮めると、グリップエンドを私に向けた。私はそれを受け取るとグリップを握って振り上げた。すると東屋が手で『待て』と制し、滑り止めがついた軍手を渡した。

「格好悪いけどそれをしとけ。手で殴ることになったとしても、直(じか)に拳が当たるよりも痛くない。それに取っ組み合いになったときにも有利だ。握力はあんまり長時間もたないんだ。そうだ、お前は柔道を習ってるんだから殴るよりも投げる方が得意か？でもまあ、最初はそいつでガツーンとやれ。出鼻をくじかれればやる気をなくすと思う」

　私は東屋の差し出した真新しい軍手を手にはめた。

「そのグリップエンドについた紐を手首に通すんだ。そう。それからしっかり握って。そうそう。で、振り上げて思いっきり振り下ろす」

　東屋の声にあわせて額の高さから腰に向かって警棒を振り下ろすと、手の先で滑るような感触と『シャッ、キン』というスライド音が響いた。それは六十センチ近くまで伸張し、蛍光灯の明かりを反射して光っていた。東屋の仕草を真似て私も左の手のひらを警棒の先でポンポンと叩いた。手のひらには冷たくて硬い感触が響き、これで殴られたら相当のダメージとなることは私にも良く分かった。私が呆けた表情で警棒に感心している間に、東屋は他のものを用意し始めた。

「これに着がえろ。その服が汚れたり破けたりしたら、親に説明するのが面倒だろう。

それに、半袖はまずい。布切れ一枚でも有るのとないのとじゃあダメージが全然違う。それに待ち伏せしている間に蚊に刺されるだろうから……」

そう言って濃紺の作業服の上下を私が座っていた椅子の背に引っ掛けた。言われるままにズボンを穿き替え、シャツを脱いで長袖を身に纏った。着替えの邪魔になるために外した軍手をズボンの後ろポケットに突っ込み、前のポケットに畳んだ警棒を差し込んだ。

「念のため、こいつも持ってけ。催涙スプレー。使い方は普通のスプレーと一緒。ここを押せば霧状の薬剤がでる。おっと、これはここで試すなよ。一メートルぐらいしか飛ばないから、近くからしか使い物にならないけど。相手の顔にシューッてスプレーしろ。ああ、お前はかぶるなよ。涙で目を開けてらんなくなる」

私は黙って頷くと缶を左のポケットに差し込んだ。つづけて東屋は牛乳パックほどの大きさの紙袋を取り出すと、袋の口を小さく開いて中身を取り出した。

「パチンコ玉よりちょい小さめのベアリングを黒く塗った物だ。気をつけてみなけりゃあ、足元に転がっていても気がつかない。神社についたら表忠碑の前で待ち伏せしろ」

「ひょうちゅうひ?」

東屋は「うーん、まあ、分かんねぇか……」と言って首をふった。

「本殿の左の奥にでっかい石碑があるだろ？　あれ。日露戦争で戦死した人を顕彰するために建ててあんの」

「けんしょう？」

「いちいち面倒くさいやつだな……。とにかく、でかい石碑があるから、そこへ行け。あそこは一番奥まってて足元が暗いし、参道より高いから、足元が見えない。適当に挑発するようなことを叫べば、連中から駆け寄ってくる。こいつに足を滑らせて、転ぶ奴が何人かでるよ。そうすりゃあ、一気に形勢は有利になる」

そして床に置いた紙袋から少し汚れた靴を取り出した。

「お前、足のサイズいくつだ」

「二十六」

「なら大丈夫。これは安全靴。サイズは六・五だ。この厚手の靴下の上から履けば丁度良いはず。いいか、連中はお前を舐めて、ラフな格好で来るはずだ。多分サンダル履きとか餃子靴だ。距離を詰めたら足を思いっきり踏んづけろ。爪先で脛を蹴り上げてもいい。立てなくなったら、上から腹を踏みつけろ。横っ腹に踵を食らわすのも効果がある。とにかく、ケンカは倒れた方が圧倒的に不利だ。ベアリングも相手の足を掬（すく）うためのものだ。この靴は底を登山靴と同じようなでこぼこの大きいのに替えてある。だからベアリングを踏んでも多分大丈夫だ」

　東屋は靴を玄関に持っていくと振り向いた。

「俺も一緒に行ってやるから安心しろ」

　そう言うとしゃがみこんで安全靴を雑巾（ぞうきん）で拭い始めた。私は両手でベアリングが詰まった紙袋を持つと玄関へ行った。そして思い切って口を開いた。

「うれしいけど……、いいよ」

　東屋は鼻先でフンと笑うと、雑巾で靴の汚れを拭う作業を続けた。

「馬鹿言え。お前のために行くわけじゃない。もともとお前が狙われたのだって俺とつるんでたのが原因だ。つまり、小川の野郎は俺に因縁を付けたも同然だ。だから俺が出張って当たり前だし、行かなきゃ俺が舐められる。それだけのことだ」

　たぶん、東屋について来てもらった方が、心強いし、落ち着いて勝負できると思う。でも、それでは意味がないことは、さすがの私にも分かった。

　私は東屋の背中に向かって軽く頭を下げ、そのままの姿勢で言った。

「本当はついて来てもらいたいけど、それで勝ったとしても、君のおかげになっちゃう。それじゃあ、また因縁を付けられる。こんなに思い切ったことをしでかすのに、一発で終わらないなんて嫌だ。だからいいよ、一人で」

東屋は黙って手を動かしながらしゃがんでいた。私は東屋の体を押しやるように横へずらし、靴を取り上げた。雑巾を片手にもったまま、東屋は黙って立ち上がり、私を見つめた。

「大丈夫か？」

東屋の目は心配しているようにも見えるし、面白がっているようにも見えた。きっと、私の気持ちがコロコロと変わることで、周りのモノがそう見えるだけなのだろう。東屋の顔を見つめていていると不意に怒りとも不満とも、なんとも形容のし難い気持ちが噴き出した。意識とは別の何かが口を開かせ、言葉を吐き出させた。

「大丈夫じゃないよ。君がやれって言ったんでしょ？　僕は今までまともにケンカなんかしたことがない。はっきり言って怖い。でも君はやらせたいんでしょ？　だからレコードを売った金も渡してくれないんでしょ？　だったらごちゃごちゃ言わないでよ」

気がつくと涙がこぼれ、頬を伝って顎先から流れ落ちた。涙ばかりこぼしている自分を情けなく思うと、ますます感情が昂ぶり、思わず嗚咽した。東屋は雑巾をシンクに放り投げると、神経質に手を洗い始めた。その手つきは、私の嗚咽が落ち着くのを待つようにゆっくりゆっくりとしていた。私が涙を拭くと、東屋はやっと蛇口を閉じた。

「水が流れる音は気を静めるのに良いらしい。本当はしとしとと降る雨か、渓流のせせらぎが一番なんだけど」

「だから僕のために丁寧に手を洗ったとでも言いたいの？」

東屋は首を振って答えた。

「違う。俺にとっての儀式みたいなもんだ。気にするな。で、何か言い足りないことがあったら言っておけよ」

「……あるね。君は僕に何をさせたいんだ。君に言われるまま何の考えもなしに小川とやり合うなんて馬鹿らしい」

「……別に何も。いや、違うかな。させたいのかもしれん」

一旦言葉を切るとじっと天井を見つめた。そして言葉を続けた。

「そうだな。俺はお前が羨ましいのかもな。育ちが良くて、キチンとしたまともなご両親との温かい家庭がある。そんなお前が、何を思ったか俺に近寄ってきてあれこれと言葉を交わし、俺にしては珍しく部屋に上げたりした。そうだな、お前みたいな奴が羨ましくて、だから興味があっただけかも。それで、お前にちょっとばかり無理をさせてみて、どんな顛末になるか知りたい……それが本音かもね」

そう言うと、また丁寧に手を洗い始めた。

「俺はこうやって手や食器を洗っているときが一番落ち着く。赤ん坊のころから屋台に出入りして、物心ついた時には社務所の流しで汚れた鉄板やら鍋やらを洗ってたから」

その東屋の横顔には薄らと笑みが浮かび、私を蔑んでいるように見えた。『坊っちゃん育ちには分かるまい』といった言葉が浮き出たような横顔が、私の感情の火に油を注いだ。それとて目の錯覚かもしれず、本当は東屋がどんな表情をしているのか、はっきりとは分からなかった。ただその時は、そう見えた。

「小川をやる。でも、君に言われたからやる訳じゃない。これは僕の意思だ。道具は借りておく。借り賃としてさっきの八千円はくれてやるよ」

体のどこかに潜む別な何かが、私の体を乗っ取ったように言葉を吐き出した。冷静に考えれば小川よりも恐ろしいはずの東屋に対して、なぜ挑発するような言葉を投げつけられるのか不思議だった。東屋はじっと私の顔を見据えると、黙って軽く頷いた。

私は安全靴に乱暴に足を突っ込むと東屋のアパートを後にした。自転車の前籠にベアリングの入った袋を乱暴に投げ入れると、助走をつけてサドルに飛び乗り、氷川神社に向けて走り出した。

八

気がつけば氷川神社についていた。時計を見るとまだ午後一時四十五分だった。私は一旦近くの公園まで自転車を走らせ、駐輪場の目立たない場所に停めた。神社のそばに停めたのでは、私が到着していることを小川たちに知らせる目印になるような気がした。普段だったらそんなことは考えず、鳥居の真下に停めただろう。なぜだか、普段とは神経の働き方が違っているようだ。

ベアリングの詰まった紙袋を両手で抱えて、境内に入ると周囲の様子を窺うようにして、奥へと進んでいった。夏の強い日差しもあって、境内には誰もおらず、蟬(せみ)の鳴き声だけがジリジリとうるさく木霊(こだま)していた。参道をお社の前まで進み、賽銭箱の前で左に逸れると、社の裏手に向かって飛び石が延びていた。その飛び石を目印に奥へと進むと、表忠碑の前にでる。その石碑は境内から石段で五段ほど高くなった場所にあり、五メートル四方を石塀で囲まれていた。

石段を上がりきった辺りから表忠碑までは踏み固められた黒土で、東屋が言ったとおり黒く塗ったベアリングを撒いても目立たない。私は袋の口を小さく開けて表忠碑の前にバラバラと撒いた。そしてポケットから取り出した軍手をはめると、警棒のストラップに手を通し、グリップをぎゅっと握った。左ポケットに入った催涙スプレーをなで、そこにあることを確かめた。準備を整えて時計を見ると、まだ二時を回ったばかりだった。

深呼吸を一つすると、表忠碑の裏側に移り、身を隠すようにして石塀に腰をかけた。じっと石段や参道の方向に神経を集中させ、小川たちがやってくるのを待った。しかし、境内に響く音は蟬と鳩の鳴き声ばかりで、人の足音はおろか、猫一匹通らなかった。真夏に厚手生地の作業服はとても不快だった。じっと座っているだけで汗がたらたらと流れた。その上、藪蚊（やぶか）がひっきりなしに首筋や顔を刺しまくる。待ち伏せをするのも楽ではない。

結局、小川と取り巻き連中が現れたのは、四時を回ってからだった。苛立ちと疲労で私の神経が限界に達するころに、やっと現れた計算になる。まるで小次郎と武蔵だ。

「おーい、吉田。いねーのかー」

小川の取り巻きの一人がふざけた口調で叫んだ。東屋の予想どおり、連中は夏祭りと同様に甚平や短パンにTシャツといった軽装に女物のツッカケやビーチサンダルといった格好をしていた。小川を入れても今日は総勢四人。昨日のブロードウェイで簡単に締め上げることができたとあって、舐めきった態度と人数だった。連中がお社の手前まで来た辺りで、私は表忠碑の前に出た。

「ここだ。遅いじゃないか」

声が震えないようにと気をつけて、あえて低い声で言った。

「何をもそもそ言ってんだ。金は持ってきたのか」

私はハッと我に返った。財布はカバンに入れっぱなしで東屋の部屋に置いてきた。ズボンもシャツも着替えてしまって、小銭すらない。万が一、負けたとしても、取られるものは何もない。普段なら、震え上がってパニックを起こすところだが、開き直ったのか、不思議と落ち着いていた。

「ある訳ねぇだろう。お前なんかに払う金なんかねーよ」

私ははき捨てるようにして言うと、表忠碑に寄り掛かるようにしてツバを吐き捨てた。派手な龍と唐獅子(からじし)の刺繍が入った甚平姿の小川が逆上して怒鳴り声を上げた。

「てめえ、上等じゃねーかよ。降りて来い。ぶっ殺してやるよ」

周りで取り巻き連中も喚(わめ)き立てた。

「ばーか、おまえがこっちに上がってこい。度胸があったらだけどな」

私は少し無理をして笑った。取り巻きの前で馬鹿にされたとあって、小川の逆上は頂点に達し、お社の横から猛然と駆け出した。慌てて取り巻き連中も後につづいた。二段飛びで石段を上がり私に飛び掛かった。私は緊張で体が固まり、動くことができなかった。小川は勢いをつけて黒土を踏むと、ばらまかれたベアリングに足を滑らせ、そのまま万歳する格好で表忠碑に向かって突っ込んだ。飛びのいて避けるのが精一杯の私の足元で硬いもの同士がぶつかる音がした。小川は石碑に頭を強打する形で倒れこみ、額を右手で押さえ、膝をつく格好で私の目前に蹲(うずくま)っていた。

私は夢中で警棒を小川に向かって打ち下ろした。十分にふんばりを効かせずに振り下ろした警棒は、小川の肩甲骨の下にめり込んだ。手が少ししびれたが、夢中になって振り下ろした二度目の警棒は転げまわる小川の腿にめり込んだ。同じくして視界の端に、ベアリングに足を取られて倒れこむ二人の取り巻きの姿を捉えた。頭や背中を押さえて絶叫する小川を捨て置き、新たに横たわった取り巻き二人を安全靴で踏みつけ、最後に石段を上がってきた奴を警棒で横薙(よこな)ぎにした。そいつは「ギャー」といった赤ん坊の泣き声に似た叫び声を残して、石段の手すりを抱き込むようにして境内に転がり落ちた。

「てめえ、ぶっ殺す……」

その声でハッと石碑に振り向くと、小川が中腰の姿勢で立ち上がり、滴る血で塞がった目で私を睨みつけた。手には刃を振り出したバタフライナイフがあって、木陰から漏れた夕日を鈍く反射していた。小川は右手一本でナイフを持つと腕をいっぱいに伸ばし、フェンシングの真似事のような仕草で切り付けて来た。普段なら刃物を向けられただけで震え上がり、硬直してしまうところだが、必死なこともあって不思議と恐怖心は湧いてこなかった。

石碑とぶつかって割れた額からもれた血で視界が狭められ、警棒で痛打された腿を引きずり、怯えたように右手だけを振り回す小川からは昨日の余裕が完全に消えていた。私は後ろに下がりながら小川の右手首を警棒で打ち、ナイフを叩き落とした。苦悶の叫びを口の端から漏らしながら、小川は私に体ごとぶつかってきた。私は警棒を放り出し、突進してくる小川を両腕で止めると、甚平の左襟と右の袖先をつかみ、背負い投げの要領で腰から担ぐと、そのまま石段目掛けて投げつけた。小川の体重と突進してきた勢いを最大限に活かした形で決まった背負い投げは、八十キロ近くある巨体を五メートル以上投げ飛ばした。

『ドスン』という鈍い音を伴って、小川はお社横の黒土の上に肩から落ちた。慌てて駆け寄ると小川は気を失いかけ、半開きの口からは血の混じった泡を噴いていた。

　私は小川の顔をのぞき込みながら言った。

「おい、二度とちょっかいを出すな。俺が大人しいからって、いつまでもふざけるなよ」

　小川はすでに反応する気力もないのか、四肢を大の字に広げ、辛うじて首だけを左右に振ってイヤイヤの仕草をした。

「おい、もう聞こえてないよ」

　はっとして振り向くと東屋が静かな顔をして立っていた。その一言で私は現実に引き戻された。

　東屋は小川の側にしゃがみ込むとポケットの中を探り、二つ折りにした紙幣の束を取り出した。同じように取り巻き連中のポケットや懐から剝き出しの紙幣や財布を取り出すと、小銭以外の金をすべて巻き上げた。

　ひと通り金を巻き上げると、改めてうめき声をあげる連中に向けて声を張った。

「知ってるだろうが、俺は中央中の東屋だ。この間は随分と舐めた真似をしてくれたな。本当なら、この場で全員、絞め殺してやってもいいんだが、吉田にかるーくのされちまって、話にならねぇ。とりあえず、今日のところはこの金で許してやるけど、いつまでも調子にのってっと、新田のバカと同じ目にあわすぞ。よく覚えとけ」

呆然と立ち尽くす私に、顎先で『行けよ』と促し、自分も小走りで参道を下り始めた。私は慌てて後を追った。

九

氷川神社からどうやって東屋の部屋まで戻ったのか、よく覚えていない。相当に気が動転していたはずなのに、ちゃんと公園に自転車を取りに行っていた。そのくせ、変な道を選んだばかりに、三十分ぐらい時間を無駄にした。

戸を開けると、東屋はすでに戻っていて、シャワーでも浴びたのかトランクス一枚の格好で濡れた髪をバスタオルでごしごしと拭きながら、ビールを飲んでいた。

「風呂場で体を洗え。脱いだ洋服は脱衣所の洗濯機に放り込んどいて。タオルと着がえを風呂場の前に置いとくから。特に手と顔を良く洗え」

私は無言で頷くと、苦戦しながら震える指先で安全靴の紐を解き、東屋が指さした脱衣所へ行った。上着とズボンを剝ぎ取り、洗濯機に投げ込むと浴室へ入った。浴室にはタライ一個とイス一脚、シャンプーのボトル一本と石鹼一個、垢(あか)すり用タオルがあるだけで、浴槽に湯はなかった。蛇口から温水をタライに注ぎ、頭から浴びると、垢すりタオルでごしごしと体を洗った。シャンプーを洗い流し、ふと鏡を見ると、そこには目が血走った顔があった。それはまるで他人のようだった。慌てて冷水を五杯続けて頭からかぶり、両手で両頬をパシパシと叩き『元に戻れ元に戻れ』と念じた。

浴室から出ると、足元の籐籠にバスタオルとビニール袋に入った真新しいトランクスがあった。手早く体を拭くとトランクスを引っ掛けてダイニングに戻った。出かけた時のまま私のズボンとシャツはイスの背にぶら下がり、扇風機の風にヒラヒラとなびいていた。東屋は缶ビールを片手に、小川たちから巻き上げた紙幣を数えていた。

「結構あったぜ。七万六千円。まずまずだな」

そう言うと札を重ねて二つ折りにすると、私に向かってテーブルの上を滑らせた。

「要らない……」

「……あのさぁ……、お前も昨日やられただろうが。やり返して当たり前だ。心配するな。奴らも馬鹿じゃないだろうから、チクりゃあしないよ。どうせこの金だってまともな金じゃない。それこそ、昨日、お前が巻き上げられた金が混じってるかもしれない」

「……だと、いいけど……」

「心配すんなって。なんかあったら、俺がひっ被ってやるから」

「なんだ、それ」

「ほら、とりあえず半分受け取れ」

私はじっと紙幣を眺めた。その様子をつまみにでもするように東屋はビールをあおった。

「で、何か飲むか？」

「……同じのくれる……」

鼻先でフンと笑ったが無言で立ち上がりキッチンに消えると、新しい缶を二つ持って戻ってきた。黙って缶をぶつけ、乾杯した。

目を閉じて、なるべく舌先に触れないようにして冷たい液体を喉に流し込んだ。ゴクゴクと大きく二口飲むと、爽快な刺激が喉を叩きながら食道へと降りて行った。

「なんだか、うまく感じるよ……。気のせいかな」

「調子に乗るなよ。吐きやがったら自分で掃除させるからな。まあ、ビールは口じゃなくて、喉で飲むものだから。飲み方としては正しいし、だからうまく感じるんだよ」

最近、東屋の説明が鼻に付く。的確であるが故になおさらだ。今度は三口分を喉に流し込んだ。最後の一口分が鼻に抜けて咳き込んだ。

「馬鹿、調子に乗るなって言っただろうが……。まったく」

「……うるさいな」

東屋の忠告を無視して、また一口喉に流し込んだ。あっという間に一缶が空になった。不思議と気分が悪くなったり、ふらふらするといった感覚はなかった。東屋は空き缶を手にしてキッチンへ消え、新しい缶をもって戻ってきた。

「で、どうだった。楽勝だったろ？」

「……それよりも、いつから、あそこにいたの？」

東屋の質問を無視して、私は尋ねた。東屋は腰の辺りに手を置いて、肩をすぼめて首を傾げた。

「さあね。忘れた」

「どうせ、ずっと見てたんでしょ？　なんで来たの？」

「けしかけた責任もあるし、族の連中が大勢出張ってきたりしたときの用心さ。まあ、結果的には全く出番がなかったけど。見事な勝利だったと思うよ。圧勝」

「……でも、あいつら大丈夫かな……」

徐々に興奮が冷めつつある私は、自分がしでかしたことが心配になり始めていた。

東屋は鼻先でフンと笑うと、新しいビールをあけて、大きく呷った。

「大丈夫だ。なんども暴力沙汰を起こしてきた俺が言うんだから間違いない。それよりも、警棒を出してみろよ」

私はキッチンの流しに放り出していた警棒と催涙スプレーを取り、東屋に渡した。東屋はゆっくりと警棒を振り出して、損傷具合を確かめるように注意深く撫で回した。ウン、といった様子で頷き、再度収縮すると足元の紙袋から細長いナイロン袋を取り出し、その中に仕舞った。ナイロン袋に仕舞われた警棒は、一見すると折りたたみ傘のようで、凶器には見えなかった。

「これ、やるから手元に置いとけ。二学期が始まって、性懲りも無くお前に因縁をつけてきたら、ガツンとやりな」

東屋は私のカバンを床から拾い上げると、勝手に警棒の入ったナイロン袋を放り込んだ。

「で、その金どうする？」

不意に東屋が尋ねた。私は缶を置いて紙幣を手に取った。これだけあれば貯金と合わせても、それなりのギターが買える。しかし、分不相応な物を買えば、たちどころに両親から金の出所を探られ、面倒なことになる。

「欲しいけど、使えないから持っていても意味がないよ。せいぜい一万円も貰ったら十分。昨日、小川に巻き上げられた八千円が一万になって戻ってきたと思えば」

私は一枚だけ万札を抜き取ると、残りを重ねて二つ折りに直し、東屋のまねをしてテーブルを滑らせた。お札はちょうど東屋が飲み干した缶に当たって止まった。

「じゃあ、ぱーっと使っちまうか。六万六千円にレコードの金が八千円。合わせて七万四千円もある。さて、何がしたい？」

「ぱーっと使うと言われてもなぁ……。どうしたらいい？」

「ぱーっとって言うぐらいだから、まあ一晩で使うってことかな。で、まあ後に残らないものに使っちまうって感じかな。飲み食いとか、賭け事とか。そうそう『飲む・打つ・買う』って言うだろ？　よし、俺に任せるか？」

「うん、任す。よろしく」

東屋は『へえー』といった様子で両方の眉を吊り上げると、軽く手をポンと叩き立ち上がった。寝室からグレーのスラックスと紺のジャケット、クリーニング店のビニールがかかった薄い水色のシャツを持ってくると、身振りで『着ろ』と示した。

「着替えろ。ちょっと凝ったものを食べに行こう。早めの時間なら融通してもらえる店があるんだ。何が食いたい。なんでも言ってみろよ。それなりの物が食べられるだけの金があるんだぜ」

　そう言いながら東屋は細かい千鳥格子のスーツと白いシャツを取り出し、自分も着替えはじめた。私も糊のきいたワイシャツに袖を通しながら東屋に言った。

「うーん、千円を超えるような食べ物なんて、親と一緒でないと食べたことがないよ。そうだなぁ……、寿司とか鰻かなぁ。フランス料理とかも高いんだろうけど、結婚式の披露宴でしか食べたことはないからなぁ……」

　東屋はてきぱきと着替え、チャコールグレーのシルクタイを締めながら私の逡巡に答えた。

「じゃあ、分かりやすくうまいステーキでも食うか？　西新宿に一軒、祖父さんの伝手で良くしてくれるステーキ屋があるんだ」

　なんとかシャツとスラックスを身に着けた私に、東屋は濃紺に銀の小さな水玉があしらわれたネクタイを差し出した。

「自分で締められるか？」

　首を振る私に東屋はあきれた顔をし、手にしたネクタイを自分の首に回すと結び目を作り始めた。

「生憎と俺も人のネクタイを締めるなんて経験はない。俺はお前の女じゃあねぇんだ。

ほら、この輪を崩さないようにして頭をくぐらせて、結び目をもって細い方を引っ張れ」

私は渡された輪に頭を通し、シャツの襟を立てて首もとに下ろすと、そろそろと締め上げた。洗面台で様子を整えて何とかシャツとネクタイが仕上がった。

「ジャケットは持って行って、店に入るときに羽織ればいいよ。一応高級店だからな。服装で敬意を表すのは最低限のマナーってやつさ」

そう言うと東屋は本棚の一番下段の隅にあった漢和辞典を取り、ページの間に挟んであった封筒を取り出した。封筒の中身は新券の一万円札だった。「一、二、三……」と数えながら七枚を抜き出すとテーブルに置き、例の七万四千円と並べた。

「一流の店は普通つけにしてもらって、後で請求書を送ってもらうんだ。どうしても、その場で精算したければ新札を用意するのが常識。で、この七万円を新札と替えさせてもらうからな」

そう言うと東屋はジャケットの内ポケットから黒革の長財布を取り出し、新札を収めた。交換した例の七万円は二つ折りにして食器棚の隅にあった銀行の封筒に仕舞う。残った四千円は二つ折りにしてスラックスのポケットに入れた。

「往復はタクシーで行こう。この四千円はその支払いに使うからな」

そういうと東屋は電話に手を伸ばし、どこかへとかけた。すぐに応答したと思しき相手と少しばかり言葉を交わすと受話器を置き、続けてタクシーを呼んだ。「十分ほどで車をまわすとさ」そう言って東屋はテレビをつけた。

しばらく二人して甲子園中継を眺めているとクラクションが短く鳴った。キッチンから外を覗いて東屋が言った。

「タクシーが来たぜ。今夜は遅くなるかもしれん。念のため家に電話を入れろ。何だったら俺が適当に口裏を合わせる」

そう言って私に受話器を渡した。私はまともな言い訳も思いつかないまま、自宅の番号をダイヤルした。三回目の呼び出し音で父がでた。反射的に時計を見ると七時だった。

「はい、吉田です」

「倫です。えーと、父さん随分と早いね。母さんは？」

「ちょっとな、出先からそのまま帰ってきたんだ。それよりも今どこだ？　遅いじゃないか。母さんが心配してるぞ」

「うーん。えーと、急なんだけど、今晩ね、図書館で知り合った友達の家で夕飯をご馳走になって、そのまま勉強することにしたから。晩御飯は要らないって母さんに言っておいてくれる。それと今晩は帰らないから。いいかな？」

父は一拍間を空けた。多分、一発で息子の嘘を見抜いたに違いない。「ごめん、やっぱり今から帰る」と出掛かった時に父が言った。

「そうか。その友だちのご両親に良くお礼を言うんだぞ。母さんには言っておく。その代わり、明日の朝にはちゃんと帰りなさい。いいな」

私が小さく「うん」と答えると父は電話を切った。

「親父さんか。電話に出たの」

東屋が玄関先で靴を履きながら私に尋ねた。私が無言で頷くと紐を締める手を止めてボソリと言った。

「嘘をつく相手がいるというのは、いいよな……」

私が曖昧に頷くと、すっと立ち上がり、爽やかな顔で戸を開けた。

「さあうまいものを食いにいくぞ。そこにあるのを履け。革靴は履き慣れないと思うけど、スニーカーって訳には行かないから」

タクシーは東屋の指示に従って西新宿の高層ビルが立ち並ぶ界隈（かいわい）を通り抜け、中央公園近くにいくつか残る高級そうな住宅街に向かった。ほどなくして立派な門構えの邸宅前でタクシーは止まった。料金はちょうど二千円だった。

「新井薬師前から新宿まで西武線だったら八十円で来られるのに、二千円もするんだね、タクシーだと」

車を降りるなり私は率直な感想を漏らした。東屋はフンと鼻先で笑い、門をくぐり先に歩いていった。立派な門構えに気圧されている私をよそに、東屋はずんずんと歩いて行き、建物の正面に立った。玄関に相当するあたりに戸はなく、大きな暖簾がかかっていた。モニターか何かで様子をうかがっているのだろうか、すぐに内側から黒いベストに蝶ネクタイの中年男性が現れた。

「いらっしゃいませ」

ベストの男は丁寧な態度でそう言いながらも、意味ありげな視線を東屋に送った。すぐに察した東屋は小さく首を傾げた。男は声のトーンを落とした。

「オヤジが来ている」

珍しく狼狽したのか、東屋は歩みを止めた。

「オーナーが⁉　今日は来ないはずじゃぁ……」

「予約の電話をもらって直ぐに……。フラッと立ち寄ったような様子だったけど、勘かね。そのまま店に残っている」

東屋は小さくため息をつくと私をふり返った。

「今日は飛び切りうまいものを食えるけれども、少々お説教を聞かされる羽目になりそうだ。調子がでてくるとちょっと長いけど、我慢して聞けよ」

ベストの男は小さく頷くと暖簾をかき分けて我々を店内へと招き入れた。すると仲居とおぼしき和服姿の女性が現れ、私たちを先導して奥へと案内した。

個室には半円形の大きな鉄板があり、その外周に沿うようにカウンター席が四つほどあった。そのうちの二つにナイフとフォーク、それに真っ白なナプキンがセットされていた。鉄板の後ろには薪だろうか、それとも炭だろうか、炎がちらちらと躍るオーブンがあった。鉄板とオーブンの間には、ナプキンと同じく真っ白な調理服を纏った痩身の男が立っていた。どうやら担当してくれるコックのようだ。私たちが入室すると、無言のまま、そっと頭をさげた。

店内は間接照明を中心に、ほどよい暗さが保たれており、カウンターには蠟燭（ろうそく）が灯されていた。よく見ると個室の隅に置かれた一脚の椅子に、スーツ姿の高齢の男性が腰をかけていた。

すいすいと個室の戸をくぐった東屋が不意に止まった。少し慌てた様子で背筋を伸ばすと最敬礼の角度まで頭を下げた。私もつられて頭を深く下げた。

「おいおい、お客様なんだから、頭を下げるのは変だろう。こっちが頭を下げなきゃならんくらいだ」

そう言うと老人は席を立ち、私たちをカウンターへと誘った。居心地の悪そうな表情の東屋だったが、慇懃（いんぎん）な姿勢に努め、勧められるままになっていた。

「ボン、紹介してくれんか。新しい友だちかな」

私は慌てて席を立ち、名乗った。そして夏期講習で知り合った経緯を話した。

「そうか……、まあ、良かった。ぜひ仲良くしてやってください。これは友だちが少ないから。じゃあ、ゆっくりして行って。今日は曜日の加減だかで予約が少ない」

そう言うとコックに「頼んだぞ」と声をかけて個室から出て行った。コックは無言で頭を下げた。つられて私と東屋も頭を下げた。スーツ姿の老人と入れ替わりで個室に案内をしてくれた仲居がおしぼりをもって入ってきた。「さあ、どうぞ。おかけになって」と声をかけ、私たちを座らせた。

席についた私たちに仲居はメニューを手渡した。どこを、どのように見ればよいのか分からない私は東屋に目配せをした。東屋は任せろと言わんばかりに、右の眉をピーンと上げて小さく頷いた。

「前菜はスモークサーモンを添えたサラダをください。スープはコンソメで。メインの前に車海老を焼いてください」

　仲居は小さく頷きながら伝票のようなものに注文を書き記した。

「メインはサーロインとフィレをそれぞれお薦めのもので。焼き方はお任せします」

「お二人とも食べ盛りのようですから、それぞれ二人前ずつで大丈夫ですよね？」

　東屋は小さく「はい」と答えると、つづけて「前菜に合わせてグラスシャンパンをください」と言った。仲居はちらっと私の顔を一瞥しつつ「かしこまりました」と答えて部屋を出て行った。

　東屋の注文を横で聞いていたコックは、オーブンの下側の鉄扉を開けて、新たな炭を足した。火加減を調整すると私たちの前に戻り、口を開いた。

「東屋さんは特に苦手な食材やアレルギーはありませんでしたよね？　お連れの方はいかがですか？」

　東屋は私の顔をちらっと見た。慌てて私は答えた。

「大丈夫です。干し葡萄(ぶどう)などのドライフルーツが苦手ですが、食べられないほどじゃあないです。アレルギーはありません」

　コックは「かしこまりました」と慇懃な返事をすると、軽く頭を下げて部屋から出て行った。

「失敗した……」

　東屋は珍しく顔を歪めてそう言った。

「どうして？」

「この部屋で待っていた年寄りがいただろう？　あれはオーナーなんだ、この店の」

「ふーん、オーナーだったら、そりゃあ、店に顔を出すんじゃない。別に変じゃないと思うけど？」

　東屋は小さくため息を漏らしながら答えた。

「そうなんだけど……。あのおっさんは、祖父さんの古い知り合いなんだ。だから、俺の面倒も色々みてくれる。要するに、あの人に俺は頭があがらないんだ。俺が可愛いというか、心配ってこともあって、会えば説教が始まるんだ。だから、普段は極力顔を合わせないようにしている」

「……そうなんだ。だったら、この店にしなければ良かったのに？」

「平日のディナータイムには、ふつう居ないんだよ。週末の夜しか店には顔を出さないはずなんだけど……。店先で応対してくれた黒服がいただろう？　あれが店長なんだ。普段はオーナーのいないのを見計らって、店長に相談して個室を調整してもらい、サッときてサッと食べて帰るんだ……。面倒だな……。おい、さっきもちょっと話したけど、お説教を喰らうかもしれん。だまって聞くんだぞ。間違っても口答えなんかするな」

「分かってるって。年寄りの説教には道場で慣れてる」

「なら、いい」

そう言うと、東屋は小さく首を振りながらため息をこぼした。

ほどなくして仲居がワゴンを押して戻ってきた。ワゴンには皿が二枚と、ワインクーラー、見るからに華奢(きゃしゃ)な作りのグラスが二脚あった。

「今日のシャンパンですが、オーナーからの申しつけでモエ・エ・シャンドンをご用意しました」

そう言うと氷水の張られたクーラーからボトルを抜き取り、ナプキンでさっと拭ってラベルを私たちに掲げた。

「お気遣い、ありがとうございます」

すました顔で東屋は答えた。仲居はどう見ても母親よりも年上のようだ。そんな大人と未成年の東屋が自然に酒の話をしているのが、どうにも奇妙だった。

仲居がワゴンの皿を手にすると、東屋は卓上にあったナプキンを手に取り、半分に折ると太ももの上に敷いた。慌てて私も見様見真似をする。

「スモークサーモンと冷たい野菜です。今日のドレッシングは人参と玉ねぎです」

そう言って仲居は私たちの前に真っ白で大振りの皿を置いた。真ん中に切り身ほどの厚さのある鮭が鎮座し、その周辺をレタス以外は見たことのない野菜が取り囲んでいた。野菜にはオレンジと茶色のジャムのようなソースが塗(まぶ)されていて、酢と胡椒が混じった香りがした。

続けて細長いグラスを私たちの右手側にそれぞれ置き、クーラーに戻されていたボトルのコルクを抜いた。

「もっと大きな音がすると思ってた」

仲居の手元を見ながら私は素直な感想を漏らした。東屋は小さくフンと鼻を鳴らすと答えた。

「優勝したレーサーじゃないんだ。派手にボトルを振ったりしない限り、小さなため息ほどの音しかしないさ」

クーラーからボトルを抜き取り、水滴を拭うと仲居は東屋のグラスと、私のそれに、それぞれ三分の一程度注ぎ入れた。

「では、ごゆっくり」

そう言い添えると、仲居はワゴンを押して部屋から出て行った。

扉が閉じるのを確かめるようにじっと見ていた東屋は、私に視線を戻すとグラスを手に取り、軽くかざすような仕草をした。慌てて私もグラスを手にした。グラスの脚はストロー程の太さしかなく、なんとも心細い。

「では、乾杯だな。で、何に乾杯だ」

「さぁ……。なんでもいいよ」

東屋は眉と唇のそれぞれを八の字にして、こう言った。

「お前の顔、こんなだぜ。もうちょっと、うれしそうな顔にできない？」

思わず私は噴き出した。

「じゃあ、まあ、お前の勝利に。よくやった、おめでとう。乾杯」

そういうと東屋はグラスを少し持ち上げ、すぐに一口含んだ。ひとまね子ざると化した私は、また見様見真似でシャンパンを生まれて初めて口にした。葡萄が原材料であるはずなのに、葡萄の味は特にせず、なんとも言えない独特の渋みなのか、辛さなのか。とにかく、同じ発泡系の飲み物のビールや炭酸ジュースとは別な代物であることは私にも分かった。しかも銘柄を耳にした東屋が「お気遣い、ありがとうございます」と言った訳だから、それなりの物なはずだ。けれども、残念なことに、そのうまさを良く理解できなかった。

「もったいないから、残りは俺によこせ。これからせっかくうまい肉を食うんだ。吐くような真似は絶対にするなよ」

そういうと東屋は自分のグラスを卓上に置き、空いた手を私に差し出した。私は素直に一口だけ飲んだグラスを東屋に渡した。

「これ、高いんでしょ？」

「金額そのものだけを言えば決して安くはない。けれども内容に見合わないほどにまで高くもない。ようするに価値に見合った値段だってことさ。もちろん、これは祖父さんの受け売りだ。正直に言うと、俺もワインやシャンパンなんてよく分からない」

東屋はそう言うと私が渡したグラスを卓上に置いた。そして自分のグラスを手に取り、また一口飲んだ。

「まあ、ドンペリとかクリュグなんてものを出されるよりも、モエシャンのほうが実利的で俺たちをまともに扱っていますよってのが、伝わるような気がするよ」

「……へーえ」

ドンペリは聞いたことがあるけれど、クリュグってなんだ？　と思った。多分、表情にでたのだろう、東屋は小さくため息を漏らすと言葉を続けた。

「せっかく冷たい前菜があるんだ。ぬるくなる前に食べようぜ」

東屋はセットされたカトラリー類の一番外側に置かれたナイフとフォークを手に取り、スモークサーモンを食べ始めた。私も見様見真似で鮭にフォークを刺し、ひと口大に切り分けた。そろそろとフォークを口に近づけると、燻(いぶ)した木の香りがほんのりとした。口へ入れると微(かす)かな塩味と鮭の脂が混ざり合ったものが一気に広がった。鮭を取り囲むように配された生野菜は、絶妙な塩梅のドレッシングのお陰だろうか、口の中をさっぱりとさせた。東屋は器用に左手のフォークで生野菜をまとめると、つづけて優雅に口へと運んでいた。ゆっくり丁寧に咀嚼(そしゃく)をするとグラスに手を伸ばし、ごくりと一口シャンパンを喉へと流しこんだ。

「……やっぱり、それ、返してくれない」

あまりにうまそうな東屋の様子に、私は思わず言った。東屋は右の眉をピーンと上にあげると、フンと小さく笑みをこぼし、先ほど私が渡したグラスを差し出した。

「いいけど、本当に調子に乗るなよ。要するに、これは発泡性の白ワインなんだ。アルコールだって十二度はある。ビールとは違うんだ」

「……分かったけど。君がうまそうに飲み食いするのが悪いんだ」

私はそう言うと、東屋の様子を真似て、まずはスモークサーモンを一切れ口に放り込み、丁寧に咀嚼をすると、鮭の脂が残った口中に生野菜を放り込んだ。鮭の脂の甘みと燻製チップの香りに、生野菜の青臭さと酸味を利かしたドレッシングがうまく混ざり、飲み込むころには口の中が完全に中和されていた。ここにシャンパンを流し込むと、さっとすべてが喉の奥へと消し去られた。

「どうだ、大人が食べるものは。単に空腹を満たすものでもなければ、栄養云々でもない。要するに五感を刺激する娯楽なんだ。ひどい話だと思わないか。さ、お前は飲みなれてないんだ。そのグラスをこっちに寄越しな」

そう偉そうに言うと私の手からグラスを奪い、東屋は自分の皿の上の物を平らげつつ、ほぼ二杯分のシャンパンを飲み干した。


二人して燻した鮭とサラダを食べ終えたところを見計らったかのように、ワゴンを押した仲居を伴ってコックが部屋へと戻ってきた。ワゴンにはステンレスと思しき大きな皿が一枚あり、その上には二種類の肉の塊があった。

コックは肉の載った皿を手に取ると、鉄板の向こう側に回った。仲居は空になった皿を下げ、代わりに深い皿を置いた。そして赤みの強い紅茶のような色合いの液体を、銀と思しきスープサーバーから注いだ。

「コンソメスープです」

目の前に置かれた皿からは丁寧に旨味だけを搾り取った牛骨と香味野菜がないまぜになった匂いが漂ってきた。仲居は私と東屋の席の中間ほどに、青々としたパセリの葉の盛られた小鉢を置きながら言葉を続けた。

「浮き実です。お好みに応じて、手でちぎって落としてください」

空になったグラスを下げながら、仲居は私たちの顔を眺めた。

「お飲み物はどうされます？　この後、海老とお肉がつづきますけども……」

東屋はちょっと考えながら私の顔を見ると、小さく頷き、問いかけに答えた。

「せっかく良いものを食べられる訳なので、少し控え目にします。とりあえず私はビールを小瓶でひとつ。こちらには何か食事の邪魔にならないソフトドリンクを見繕ってください」

仲居は「かしこまりました」と言い添え、ワゴンを押して部屋から出て行った。

「さあ、冷めないうちにスープをどうぞ」

コックは、抑揚の乏しい低い声でそう促した。東屋は「はい」と冷静に答えると、丸いスープ用のスプーンを手にとり、軽くひと匙分ほどをすくうと、薄く開いた唇の間から静かに口の中へと流し込んだ。『うん』といった様子で小さく頷くと、私に向かって『飲めよ』とばかりに顎をしゃくった。私も見様見真似でスープを口に運んだ。

スプーンを口に近づけると、力強いながらも優しさが備わった香りが鼻を突いた。口に流しいれると、舌の上をスープの味わいが広がり、喉の奥から鼻先に香りが駆け抜けていった。ふた匙目は、目一杯にすくいとり口の中にドッと流し入れた。すると喉の奥で旨味が反響し、食道へ、胃へ、と流れ落ちてゆく先々で旨味が攪拌(かくはん)された。

すまし顔でスープを味わっていた東屋はスプーンから手を放すと、パセリを一房つまみあげ、指先で小さくちぎってスープに落とした。東屋がちぎった房からは、濃い緑の香りがこちらにまで流れてきた。私も真似てちぎったパセリを残りのスープに落とすと、改めてスプーンを口へと運んだ。パセリが加わることでスープの余韻が深くなり、牛が本来もつ野性味が強く感じられた。

スープに夢中になっている我々に向かって、コックは声をかけ、ステンレスの皿にのった肉を披露した。

「まずこちら、米沢牛のフィレです。そして、こちらは神戸牛のサーロイン。フィレ三百グラム、サーロインが四百グラムです」

そういうと、コックはフィレ肉に塩と胡椒をまぶし手のひらで丁寧に整形した。つづけて鉄板の上に油を薄くひいた。

「焼き加減はお任せいただけるとのことなので、まずはフィレから始めます」

コックは油がふつふつとする鉄板にフィレ肉の塊をそっと置いた。すぐにジリジリと肉の表面が焼ける音がし、たんぱく質が熱に反応して変質していく様子が伝わってきた。コックはケーキナイフのようなコテと、大きな二股の爪をもったフォークの親玉のような道具をつかって肉の表面を丁寧に焼いた。ふと、東屋を見やると、その視線はコックの手元に注がれていた。大半が赤身といったフィレ肉だったが、焼かれた表面から脂がにじみでて、周辺に薄く脂溜まりができていた。自ら絞り出した脂で揚げられるようにして焼かれた表面は、虹色がかった衣のようだった。

コックは浅い鉄鍋のような容器を出すと鉄板の上に置いた。そしてコテ先で鉄板に溜まった脂をすくい取ると鉄鍋に注いだ。何重にも折りたたんだナプキンで鉄鍋をつかむと手首を返しながら脂を全体になじませるようにしていた。そしてコテとフォークの親玉でフィレ肉の塊を持ち上げると、そっと鉄鍋の中心に置いた。

「オーブンでじっくりと中まで火を入れます」

そう言うとコックは鉄鍋をオーブンへと運んでいった。

「焼いたのに、またオーブンに入れるんだね」

肉の焼けるうまそうな匂いだけをかがせておいて、お預けだなんてと思った私はそう言った。コックの手元をじっと見つめていた東屋は小さく首を振ると、口を開いた。

「表面を強火で焼いたのは、肉汁が外に漏れるのを防ぐためなんだ。カリカリに焼いた肉で旨味が逃げられないように壁を作ったんだ。業務用の強い火力があって、しかも分厚い鉄板だからこそ、できる技ではあるけどね。もちろん腕前が良いのは当たり前としても。それに、あのオーブンも業務用の最高級品だ。換気ダクトの整備だとかまで含んだら、新車のクラウンが買えるぐらいの金がかかってる」

東屋はオーブンの様子をじっと見ているコックの背中を凝視していた。

「さすがは料理上手なだけあって、詳しいね。それにしても、さっきから熱心に観察しているみたいだけど」

「曲がりなりにも、俺も食べ物で生計を立てているわけだから。こういう場での食事も勉強のうちさ」

火加減に納得がいったのか、コックは鉄板の前に戻ってきた。すると、その動きに合わせたかのようにして、仲居が蓋のついたステンレスの容器を抱えて部屋に入ってきた。まるで、どこかから食事の進み具合や調理の進行を見ているかのようなタイミングの図り方だった。

仲居はコックの傍（かたわ）らにある小さな作業台にステンレスの容器を置くと、私たちの前から空になったスープ皿をさげ、続けてビールの小瓶と小さなグラスを置き、注いだ。

そして私の手元には、烏龍茶を置いた。その間、一言も口を開かず、自分の仕事を終えると粛々と部屋からでていった。

コックは真っ白で分厚い濡れタオルを走らせ、盛大に蒸気をあげながらフィレ肉の脂で汚れた鉄板を清めた。濡れタオルで拭われた鉄板は、鈍く青白い輝きを放っていた。

「では、車海老を調理させていただきます」

そういうとコックはステンレス容器の蓋を外した。中には立派な車海老が二尾はいっていた。鮮度が良いらしく、容器のなかで跳ね回り、そのたびに尾っぽが金属をたたく鈍い音が室内に響いた。

コックは大振りのトングで二尾の頭をまとめてつかむと、鉄板の上に押し付けた。当たり前ではあるけれど、海老はより激しく身を捩り、尾っぽを鉄板に打ちつけた。

しばらくして海老が大人しくなるとコックはその身を鉄板の上にそっと横たえ、ボウルに取っ手のついた大きな蓋を用意し、ワインボトルと思しきものの首をつかんだ。半球状の蓋を海老の上にかざすと、海老の周りに円を描くようにボトルの中身を注ぎ込み、すぐに蓋で覆い隠した。蓋の内側で激しく液体が蒸発するような音がした。

「白ワインで蒸し焼きにしてるんだ」

そう東屋がつぶやいた。多分、私に解説をしてくれたのだろうが、声の調子は平坦で、独り言のようだった。

コックは無表情のまま、鉄板にじっと視線を落としていた。半眼の視線は、鉄板に注がれてはいるが、何も見ていないようで、むしろ聴覚に神経を集中させているようだった。

「こんな鉄板で料理をしてみたいんじゃない？」

思わず私はたずねた。東屋は小さく首を振った。

「失礼な事を言うな。これだけの道具なんだ、しっかりと修業をしたコック以外が触れるべきじゃない。俺が屋台で使ってるのと、目の前のそれとは全く別物さ。多分、厚さは三センチ以上あるよ。開店の数時間前には火を入れてじっくりと温めないと使えない代物さ。手入れだって、閉店後に二時間ぐらいかけて若い衆が磨いてるはずだ。俺が何かをするなんて百年早い」

東屋は鉄板から目をそらすことなく、そのように答えた。

一分ほど経っただろうか。コックはさっと蓋を外した。鉄板には薄い紅色に蒸しあがった海老が二尾、横たわっていた。フォークの親玉を左手に、ペティナイフを右手に構えたコックは、器用な手つきで蒸しあがった海老をさばき始めた。

まず鼻先に位置する殻の先端にナイフの刃先を添えると、手首を返して身から引きはがした。つづけて前足を落とすと、首のあたりで頭を切り落とし、腹側からナイフを差し込むと身に沿って刃先を滑らし、殻から身を抉りだした。続けて、身についてきた尾っぽを切り離す。返す手で身の背に刃を滑り込ませて切り開くと、背腸をほじり出した。刃先についてきた背腸をキッチンペーパーでぬぐい取ると海老の身を陶器の皿へと移した。

鉄板には大きな殻と尾っぽがそれぞれ二つ残った。コックはオーブンへと歩いてゆくと扉を開け、レンガのような形と大きさをした鉄の塊を取り出した。手鉤のような金具で鉄の塊を下げて鉄板の前へと戻ると、殻と尾っぽの上に静かに置いた。鉄の塊は鉄板よりも熱いらしく、海老の殻に触れた瞬間『ジッ』という音を発した。

コックはすぐにオーブンの前に戻ると、大振りなトングでフィレ肉を裏返した。しみ出した脂が炭の上に零れ落ち、一瞬だが赤い炎がオーブン内をおおった。先ほどから、東屋と私との間に会話はなく、そろってコックの所作に見呆けていた。そこには、言葉を必要としない独特の雰囲気が漂っており、ただただコックの所作を眺めていればよかった。その動きには微塵も無駄がなく、きびきびとしていながらも、どこか優雅で、熟達したバレリーナやダンサーのようだった。

ほどなくして鉄の塊をどけると、海老の殻と尾っぽは見るからにパリパリで、まさに『海老せんべい』そのものだった。先ほど陶器の皿に避難させていた海老の身を鉄板に戻すと、コックはひと口大に切り分け、続けて殻、尾っぽを近くに寄せると、塩と胡椒をかるくふりかけた。

ふと気が付くと、仲居が傍らに立ち、テーブルに陶板と箸を置いた。陶板にはレモンと三種類の塩が小指の先ほどずつ盛られていた。コックは、手にしたコテで身、殻、尾っぽを丁寧に盛り付け、「熱いうちにどうぞ」と言って促した。そして、この言葉にかぶせるように、仲居が言った。

「桃色がかった塩はメキシコ産の岩塩です。真ん中の粒の大きなものはカナダ産の海水を煮詰めたもので、右端の薄い茶色のものは沖縄産の藻塩です。お好みでレモンをお使いください。こちらは、お箸の方が召し上がりやすいと思います」

和服姿の仲居の説明にじっと耳を傾けていた東屋は、迷うことなく箸を手に取った。慌てて私も箸をつかんだ。東屋は一番胴回りの太い身を箸でつまむと、そのまま口に入れた。

「……そのままで、いいの？　塩とかレモンとかは？」

東屋は私の問いに小さく頷き、咀嚼しつづけた。私も東屋が口にしたものと同じ部位をそのまま口に含んだ。ほんのりと温かい海老の身は、ほどよい弾力で、歯に心地よかった。身はとても甘かった。

「目の前でやってくれてるのに、見てなかった？　軽く塩胡椒をふってたろ。ぎりぎりの薄味に仕上げて、素材の味を楽しめるようにしてくれてんの。最初はそのまま食べないと」

「……そっか……」

東屋はちらっと歯を見せて笑うと、箸をおいて陶板の隅にレモンを絞った。そして味噌がついた身をつまむとレモン汁をさっとこすり、ピンクの岩塩をちょっぴりつけた。まったく同じ手順で私も海老を口にした。少し潮の香が残った味噌のほろ苦さと、レモンの酸味、旨味は強いがしょっぱくはない岩塩によって海老の甘みがより強く感じられた。パリパリに焼かれた殻と尾っぽには藻塩を箸の先でまぶし、最後に残った身の一切れは、カナダ産の塩で味わった。

「……どうだ」

「びっくりした。海老って、こんな味だったっけ。それに塩って、いろんな味があるんだね……」

私は箸の先で三種類の塩をつついては口に運んだ。東屋はフンと鼻先で笑った。

「食塩と違って、ミネラルとかが含まれてるから、それぞれ特長があるよ。でもさぁ、そうやって舐めるのは、お行儀が悪いんじゃないの？」

「……でも、うまいよ、これ」

東屋は首を振りながら「ガキかよ」と悪態をついた。その様子をコックは目を細めて眺めていた。ほんの小さく頷くと、オーブンの前に行き、中からフィレ肉を取り出し、鉄板の前へ戻った。私の目には、オーブンに入れる前と何も変わっていないように見えた。

「焼けたかなぁ……」

「焼けたから、オーブンから出したんだと思うよ」

「そうなんだろうけど、さっきと見た目があんまり変わってないような気がする」

ハッキリと『バカだなぁ』と書いてあるような顔をして東屋は言った。

「……あのね、低い温度でじっくりと中まで火を通してるの。見るからに焦げてたり、縮んだりしてたら、硬くなっちゃうよ。それに水分が抜けちゃって、うまくもなんともない」

「へーえ……」

「さきにオーブンでじっくり火を通してから、最後に鉄板やフライパンで焦げ目をつけるってやり方が多いらしいんだけど……、ここはあえて逆にしてるんだ」

「ふーん」

　私たちのくだらない会話に一切動ずることもなく、コックは調理を続けた。フィレ肉を半分の大きさに切り、さらにもう一回半分にする。その間に仲居が白い皿を二枚、コックの傍らの作業台に置いた。皿には付け合わせと思しき人参を甘く炊いたものと、絹さやをさっと茹でたもの、丸くくり抜いたジャガイモを揚げたもの、そして生の草のようなものがひとつ添えられていた。つづけて仲居はコーヒーカップほどの大きさに長い取っ手のついた鍋を鉄板に置いた。コックは二枚の皿それぞれに肉を盛り付けると、仲居がおいた小さな鍋の中身をスプーンで肉にかけた。調理の手元を見ていた仲居は、できあがるとすぐに私たちの前に置いた。

「フィレです。どうぞ、お召し上がりください。ソースはバルサミコ酢をベースにしたものです」

　東屋は「いただきます」とつぶやくと、ナイフとフォークを手にした。見真似て私もナイフとフォークを手にした。ナイフの物打ちを肉の塊に添えて、軽い力で押すと、すっと刃が肉に吸い込まれた。

　肉の断面は臙脂色（えんじいろ）で、透明の肉汁がナイフの刃先についた。となりの東屋はフォークを肉に刺すと皿のソースを軽くこすり、口に運んだ。私もソースをなすり付けた肉片を口に入れた。まず酸味と苦みの混じったソースが舌に広がった。ひと噛みすると、肉汁が口の中に広がった。咀嚼するにつれて、酸味と肉の旨味が一体となった。あまりのうまさに飲み込むタイミングが分からなかった。

東屋は上品に小さく肉を切り分け、付け合わせの野菜と交互に食べすすんでいた。驚いたことに葉っぱのようなものも半分に切ると口に入れた。

「……それ、食べれるの？」

「ああ、口直しになるよ」

「……へぇ、そう……」

東屋を真似て半分に切ると、葉の部分を口に運んだ。

「……なに！　これ？」

「クレソンだよ。ちょっとピリッとするだろ。味も独特だし……」

「これがクレソンかぁ……、って言っても、名前を聞いたことがあるだけなんだけど……」

私たちの食べ進みの具合を眺めていたコックはサーロインに塩胡椒を軽くふった。つづけて先の細い口の付いた瓶でサラダオイルと思しきものを鉄板に垂らし、コテ先で丸くのばすと、サーロインの塊をそっと置いた。私たちが知らないうちに鉄板は温度があげられていたようで、激しい音を発しながら肉は小刻みに震えた。私たちは牛脂の焦げる甘い香りを鼻で感じながら、フィレ肉の残りを食べた。

先ほどはオーブンをつかってじっくりと焼いたが、サーロインは強火でさっと仕上げるようで、ちょうどフィレ肉を食べ終えると同時に新たに用意された陶板の上に出された。傍らに控えていた仲居が海老と同じく三種類の塩と、ニンニク醤油、大根おろしの添えられたポン酢といったタレを陶板の周りに並べた。

私たちがサーロインにナイフを差し込むのを見届けると、コックは肉を焼いたあたりにもやしをざっと広げた。もやしの水分が鉄板で蒸発し、たくさんの湯気をあげた。軽くコテでまぜると胡椒をさっとふりかけ、さらに醤油をまぶした。味を調えると仲居が陶板のとなりに置いた鉢にそのもやしを移した。ものの一分もかかっていない早業だった。

行儀が悪いとは思ったが、鉢を手にとり右手でもったフォークでかき込んだ。牛肉の旨味をまといつつ、パリパリとした食感を残し、さっぱりしていた。

「……どう？」

東屋がちょっと自慢げな顔をしてたずねた。

「えーっと、うまい……」

「ふんっ、もうちょっと何かないの？」

「……そう言われても、思い浮かばない」

私はそう答えるのが精一杯で、あとは黙って次々と肉やもやしを食べすすめた。

「ご飯が欲しいだろうけど、やめておいた方がいい。まだデザートが残ってる」

私はだまって頷いた。本音を言えば、サーロインはご飯に赤出汁の味噌汁と一緒に食べたほうが美味かっただろう。けれども付け合わせの野菜まで全てを食べ終えると、さすがの私も満腹で、東屋の忠告通りご飯などをねだらなくてよかったと思った。


烏龍茶を一口飲み、ふぅと息をついた。ふと腕時計を見ると、かれこれ二時間が過ぎていた。

「もう、こんなに時間が経ってる」

「あのなぁ、こういった『会食』の場で時計を見るってマナー違反なんだぜ」

「……そうなの？」

東屋は小さく頷いた。

「ああ、『退屈です』って言ってるようなものなんだって……。祖父(じい)さんから教わった」

「そっか、ごめん。でも、かれこれ二時間だよ……」

「ヨーロッパのフルディナーだと四時間ぐらいかけるらしいよ」

「……死ぬな」

二人で顔を見合わせて笑った。

「でもさぁ……、なんでそんなに時間かけてご飯食べるんだろう？　大人って」

ふぅとため息をつき、腹をさすりながら私は尋ねた。

「……お前、気持ちが悪い」

「へっ？　なんで」

私は慌てて腹から手を放し、背筋を伸ばした。東屋は小さく首を振りながら答えた。

「違うよ、お前の行儀のことじゃない。俺もまるっきり同じ質問を祖父さんにしたことがあるんだ」

「……なんだよ、僕は君の小さなころと変わらないってこと？」

「いやいや、そういう意味じゃなくて、同じような事を気にする奴がいて良かったなってことで……」

「へー。で、お祖父さんは何て？」

「人間はあべこべだって。動物はほかと一緒に餌を摂らないんだって。必ずひとりで食べるんだって。もちろん独り立ちする前の子供とかは別だけど……。つまり自分で仕留めた獲物や見つけた餌を分けたりしない。で、逆に糞とか交尾を見られるのは何ともない。人間は逆だろ？　誰かと一緒に食事をするし、場合によってはおごったり、おごられたり。大勢でのパーティーとかもするし。で、人に見られないトイレでしか用は足せないし、ましてやセックスなんてこっそりやるもんだろ？」

「なるほどなぁ……。でも、なんで人とご飯を食べるんだろうね」

「うーん……、仲良くなりたいからじゃない？」

東屋の口から『仲良く』という言葉がでるとは思わなかった。言った本人も恥ずかしかったのか、二人して大声で笑った。

ふと気が付くと、仲居がワゴンを押して私たちの傍らに立っていた。その後ろには若いボーイが一人続いており、空いた皿を片付けはじめた。

「デザートをご用意しておりますが、その前にチーズはいかがでしょう？」

そういうと、ワゴンにのせられた銀製の大皿を指先でさっと示した。大皿には様々なチーズがのっていた。多分、十種類以上はありそうだ。

東屋は『どうする？』といった表情で私を見やった。もちろん、どうしたら良いのか分からない私は、だまって東屋を見返すだけだった。

「お前の顔、こんなだぜ」

そう言うと東屋は情けなく眉を八の字に下げ、口角をさげた。

「そう言われてもなぁ……」

東屋は小さく笑みを漏らすと、仲居に答えた。

「チーズは結構です」

「では、デザートはいかがしましょう？　ご存じと思いますが、生チョコケーキが当店の名物です。本日は、それ以外にも季節のフルーツをふんだんに使ったケーキや、和栗のモンブランをご用意しております」

東屋はまた私を見た。私は小さく首をふった。

「今日は遠慮しておきます。水菓子をください」

仲居は小さく頭を下げると「かしこまりました」と答え、ワゴンを押して部屋から出て行った。続けて鉄板を片付けていたコックも部屋を出て行った。

二人っきりになった。東屋はナプキンの端で唇を拭うと、横目で私を見た。

「うまかったか？」

「うん、おいしかった。ありがとう。こんな店につれてきてくれて……」

「そりゃあ、良かった。ここで出されるものに間違いはないんだ。祖父さんが贔屓にしていた店だし、その伝手だってことは、店もよく分かってる。そうでないと、俺たち二人でこんな個室を使わせてもらえないよ」

東屋がそう言い終わるのを待っていたように、ノックの音が響いた。こちらの返事を待たずにドアが開くと、最初にここで待っていた老人がワゴンを押して入ってきた。

「ボン、満足したか?」

何かを答えようとした東屋を身振りで制すると、ワゴンからカットされたメロンの皿を二枚手に取り、私たちの前においた。そして、空のコーヒーカップを並べ、続けて銀のポットからコーヒーをそれぞれに注ぎ、シュガーポットとミルクピッチャーを真ん中に置いた。

「さて、ご精算の前に少し話をしようか」

そういうと、老人は部屋の隅にあった椅子を私たちのそばに引き寄せて腰を下ろした。

「今日、中野のレコード店で配達物の遅配があった。ブロードウェイの二階にあるレコード屋、美音堂だ」

私はサッと東屋に視線を送った。東屋は一切の反応を顔に表さず、黙ってコーヒーカップを手にとった。

「どういった訳か、朝一番に配達されるはずの品物が、昼前に届いたそうだ。しかも見たこともない若い配達員が持ってきたと思ったら、サッと置いて、行っちまったそうだ。問屋に電話してみたら、ちゃんと普段通りの時間に配達したって言うそうだし、そもそも普段の配達員は六十を過ぎた嘱託社員だそうだ」

驚いた。思わず膝にのせていたナプキンをぎゅっと握った。

「へぇ……、そうですか」

東屋はそう答えると、コーヒーをすすり、カップを置くとメロンに匙を差し入れて食べ始めた。

「……ボン、何をやっても良いけれど、東屋の名前を汚すようなことだけはやめておけ。まともに商売をしている連中に迷惑をかけるようなことは祖父さんがいちばん嫌っていたと、お前さんも分かっているはずだ」

私は何かを言わなければと思い、口を開きかけた。東屋は『黙ってろ』と言わんばかりの厳しい視線を私に送ってきた。

「肝に銘じます」

老人は小さくため息をつくと言葉を続けた。

「それと、上高田の氷川神社で、中学生ぐらいの小僧たちの小競り合いがあったそうだ。もっとも、一一〇番通報で警官が駆け付けた時には、誰もいなかったそうだが……」

「へぇ……、物騒ですね。おい、お前もいただけよ。せっかくのメロンがぬるくなる」

そう言って私に促すと、東屋は自らも食べ進めた。あまり気が乗らなかったが、立派なマスクメロンを食べない手はない。スプーンを身に差し込むと、すっと入り、特に力を加える必要もなく、大きな塊が匙の上にのった。口に放り込むと、良く冷やされた果肉から甘い汁が滴った。鼻から抜ける香りは、甘さのあまりアルコールかプラモデル用の接着剤や塗料のような匂いで、甘美というよりも毒薬のそれを思わせる。

「どうやら、しっかりとケリがついたらしい……。やられた側はよれよれで、逃げ帰るのも一苦労ってな感じだったそうだ。そのうちの一人は小川とかいう札付きで、落合周辺の有名な暴走族なんだそうだ。しかも、その族ってのは、若い連中で群れてるだけじゃなく、地回りにケツ持ちをさせてて、半分本職みたいなものらしい。そうなると、ちょっと面倒になりそうな話だな。お前さんは中学生ではあるけれども、稼業人でもあるわけだ。お前んところと、地回りとのもめ事に発展しないとも限らない」

老人はそう言うと、じっと東屋の目をみつめた。東屋はその視線を受け止めた。二人の間には緊迫とはちょっと違う、独特の雰囲気が漂っていた。

「と、言うことで、勝手に手を回した。ここら一帯を縄張りにしているところの代貸とは面識があるんでな」

「……いくら包んだんですか？」

老人はカラカラと乾いた笑いを発すると、笑顔のままに東屋の問いに答えた。

「馬鹿なことを。久しぶりに電話をして、ちょっとばかり世間話をした。そのついでに『子供のケンカに大人が出張るなんて、変な話だよな』って言っただけだ。こんなことで金のやり取りが必要になるほど俺はやわじゃない。もっとも、俺の人脈の大半はお前の祖父さんが作ってくれたものだ。だから、俺が何かをした訳じゃない。東屋って名前がお前を護(まも)ったんだ。そいつを忘れるな」

そう言うと、今度は私に向き直り言葉を続けた。

「ボンの友だちってことだが、これは普通の中学生じゃない。こいつのためにも、お前さんのためにも、あんまり深い関わり合いを持たないことだ。難しいだろうけど、適度な距離感を保った方がいい」

落ち着いた声だったが、それゆえに、なんとも冷たく重たい響きだった。

「と、いうことで会計だが、お灸をすえる代わりに有り金をすべて吐き出してってもらおうか？　小銭は要らねえけども、札は綺麗さっぱり置いてきな」

東屋は無言で席を立つと、上着の内ポケットから長財布を出し、収めていた七万円を抜き取るとテーブルに置いた。つづけてズボンから二つ折りにした札を取り出し、七万円の隣にそっと置いた。私も慌てて席を立った。

老人は席に座ったまま東屋に視線を送り、口を開いた。

「お前の祖父さんに、よく言われたもんだ『財布を持て。裸で持つと金は身につかない。札入れと小銭入れ、それぞれをちゃんと持つんだ。財布ってのは、金の家みたいなものだ。金が枕を高くして眠れるようにしないと、居ついてくれない』ってね。お前も聞かされたはずだ。言いつけをちゃんと守ってるのは偉いな」

「ごちそうさまでした」

老人の言葉に小さく頷くと、東屋はそう言って頭をさげた。慌てて私も「ごちそうさまでした」と言ってぺこりと頭をさげた。どうにも東屋のように腰を折った最敬礼が私には上手にできない。

老人は席に座ったまま手を叩き「お客様のお帰りだ」と発した。廊下に控えていたのだろうか、仲居がドアを開け、軽く頭をさげた。

「気をつけて。それと、もうちょっとマメに顔を出してもらいたい。寂しいからな」

戸口に差し掛かった東屋に老人が声をかけた。

「金が続きませんよ」

「つけにしておく。出世払いでな」

東屋は軽い会釈をすると廊下へと出て行った。私は老人に向き直り、今度こそ東屋をまねて腰から体を折り、深く頭をさげた。

「ごちそうさまでした。初めて食べるものばかりで、驚きました」

「そりゃあ、良かった。また来てくれ。君も出世払いでいいよ」

もう一度頭をさげて東屋を追った。

十

門の外まで仲居は見送りに立ち、我々が通りの角を曲がるまで深々と頭をさげた。

「すまなかったな……」

無言で歩いていた東屋はボソッと言葉を吐いた。大通りまでは、もうしばらく歩かなければならず、街灯がまばらなこともあって、東屋の表情を窺い知ることはできなかった。

「なんで？　美味かったよ」

「……そうじゃない、一緒に説教を喰らわせる羽目になったこと」

「いやいや……、それは、その……。っていうか、その前にさぁ、何なの？　レコード、売ってくれたんじゃないの？」

東屋は足を止めて私の方に向き直った。

「俺は『売る』なんて言ってない。『なんとかする』って言ったはず」

「そう、だったたっけ？　でも、あの状況で『なんとかする』って言われたら、売ったと思うじゃん」

「お前が勝手に、そう思っただけだろ。思い込みだよ」

「……思い込みって、そんなの……」

「氷川様の祭りで、俺が鉄板に手を押し付けて啖呵切ったときと一緒。勝手に思い込んだだけ。もうちょっと自分の頭で考えな」

「でも、さぁ……」

東屋は少し語気を強めた。

「あのなぁ、あんなの本当に金に換えても、たいした額にならないよ。俺が適当に八千円ってことにしたけど、多分そんなもんだと思う」

「……だからって」

私は何を言って良いのか分からなくなった。東屋は大きなため息をつくと首をぐるり、と回してから私に向き直った。

「だからさぁ……、俺はジャガイモの皮を魔法でむけない間抜けな魔法使いになりたくなかったってこと」

「……なに、それ？」

東屋はがっくりと肩を落とすと大きなため息をついた。

「だから、俺はツワッケルマンになりたくなかったの」

「……ちっとも、分かんないんだけど……」

「まじか……、えーっと、これなら分かるよな？　お前をホッツェンプロッツにしたくなかったってこと」

私は「はぁ？」と答えるのがやっとだった。

「だからさぁ……、俺はあんなくだらないことで、お前を泥棒にしたくなかった。それでレコード屋に戻しに行った。それだけ。お前は本当に面倒くさい……」

「面倒くさいのは、どっちだよ……」

お互いに「ケッ」とか、「はぁ?」と言い合いながらしばらく歩いた。

「それにしても、お前は思い込みが激しい。『なんとかする』って言われただけで、コロッと信じやがって」

「へっ、バカにして」

それ以上、返す言葉が見つからず、黙っていた。

「タクシー代も払っちまったからな……。西武線が動いてるとは思うけど、良かったら歩かないか」

「いいよ、いつも新宿あたりまでは自転車でしょっちゅう来てるから、道は分かるし、大した距離でもないよ」

私はそう答えると大久保駅の方に向かって先に歩き出した。すぐ後を東屋がついてくるのが分かった。何か言わなければとは思ったが、何を言えば良いのか分からないままに三十分ぐらいが過ぎた。

「さっきの説教くさいおっさんだけどな」

数分前から並んで歩いていた東屋が不意に口を開いた。

「話した通り、祖父さんの古い知り合いなんだ。いわゆる博徒だった人で、祖父さんとは稼業違いではあるけれども、互いに若いころから仲がよかったらしい」

「……へぇ」

「すかした顔をしているけど、洋服に隠れたあちこちに刀傷だのが山ほどある」

毎度ながら、東屋が唐突に始める話は重い。

「結構な立場まで行ったらしいんだが、素人の娘さんと結婚することになって、堅気になった。その際にうちの祖父さんが随分と間にはいったらしい。そんなこんなで、祖父さんの孫である俺にも気をつかってくれてるって訳さ」

赤信号で足止めされると、私は暑さに負けてジャケットを脱いだ。東屋は涼しい顔で汗の一つもかいていなかった。

「あの人、なんか色々と手を回してくれたみたいだね」

「そりゃあ、まあ。顔が利くからね。実業家として、あちこちに貸しがあるから、むしろ本職のころより、影響力は大きいかもね」

信号が青に変わると東屋は先に歩き出した。後ろに続くと前を向いたまま言葉を続けた。

「まあ、あのおっさんが釘を刺したんだ、小川のことは心配ないよ」

「そうかなぁ……。それにしても、有り金を全部支払いに回してもらって悪かったね。

だいたいレコード代とか言ってた八千円て、君の自腹なんでしょ？　部屋に戻ったら返すよ」

「いいって。俺には稼ぎがある。八千円ぐらい、どうとでもなる。それに、すごい勝負を特等席で見物した訳だから。チケット代と思えば安いくらい。お前にとっちゃあ、ファイトマネーってこと」

「ファイトマネーね……。それにしても『有り金をすべて吐き出してってもらおうか』なんて。ちょっとひどくない？」

　東屋はフンと鼻を鳴らした。

「あのおっさんも大したもんだよな。俺の財布の中身の大半が、小川たちから巻き上げた金って分かってて『有り金を吐き出せ』って言った訳さ。そもそもまともに代金をとるつもりがないよ。普通だったら二人で十五万はくだらない」

「十五万。まじか」

「うん、デザートのメロンだけで一人前五千円はとるよ、あの店だったら。べつにぼったくりって訳じゃない。元のメロン、桐の箱に入って二万円はするんだから。その六分の一ってことは単純計算で三千五百円ぐらい？　まあ冷やして、切って、皿に盛ってだしてって手間賃を考えても五千円はとらないと。それでも食材原価率が七割近くって、全く儲からないね」

経営者のような涼しげな声で東屋はそう言った。

「すごいご馳走なんだね、僕らの食べたものって」

「そりゃあ、まあ、ねえ……」

曖昧な返事をすると、東屋は決まりの悪そうな声でつづけた。

「多分、祖父さんに恩返しができない分、俺に優しいんだろうな」

しばらく無言のまま二人で歩いた。通りの先に街灯の明かりが見えた。

「ありがとう」

私は声を振り絞った。明るい通りに出たら言えなくなりそうな気がしていた。

東屋は足をとめた。

「やっぱ、お前は面倒臭い……。まあ、いいや。どういたしまして」

そして夜空を見上げると小さく笑みをこぼした。月光を薄く浴びた横顔は穏やかだった。

十一

その後もぽつぽつと会話をしながら夜の新宿、大久保、落合と歩き進んだ。一時間ぐらいたっただろうか、上高田グラウンドのナイター設備が見えてきた。夏場は特別なのだろうか、かなり遅い時間にもかかわらず、A面、B面の双方で野球をやっていた。AB両面を合わせて四つのチームが野球を楽しんでいる訳で、ベンチで声を飛ばしている人を含めると八十人近くの大人が玉遊びに興じていた。

バックネット裏のベンチには、夕涼みの散歩途中に立ち寄ったと思しき人たちが、まちまちに腰を下ろし、白球の行方(ゆくえ)を真剣に見守っていた。どちらの試合にもマスクをかぶり青いポロシャツを着たアンパイアがいて、大げさなポーズを伴いながら球審を楽しんでいた。丁度、目の前でバッターが空振り三振をし、攻守交替となった。

「ちょっと見物していこう」

そう言うと東屋はB面のバックネット裏のベンチに足を向けた。守備側のチームはピッチャーを交代させたようで、キャッチャーを座らせて投球練習をしていた。ほどなくして打者がバッターボックスに収まると、試合が再開された。

「仕事で疲れているはずなのに、野球をする元気はあるって、変だと思わない？」

東屋はそう言った。

「うーん、どうなんだろう。僕もどんなに忙しくても、柔道の練習は休んだことがないなぁ……」

「……つくづく、お前はまともな家の子なんだな」

「なんだよ、馬鹿にして」

東屋は小さく首を左右に振った。

「馬鹿になんてしてない。羨ましいんだ」

「……なんか、似たような話ばっかりしてるような気がする……」

「……だな」


二人して、そのまま試合が終わるまで眺めていた。ヒットがあり、ダブルプレーがあり、長打やバントなどもあって、草野球といえども、それなりに楽しむことができた。

「で、どっちが勝ったんだろう」

私は間の抜けた問いを発した。東屋は私の顔を一瞥すると、軽く噴き出した。

「お前の顔、こんなだぜ」

そう言って首を軽く傾げて、口を固く結び、黒目を右に寄せた。

「さあね……、勝ち負けなんて、どっちでもいいんじゃない、それぞれに出番があって、それなりに楽しめたら。そもそも『試し合い』って書いて『試合』な訳で、日ごろの練習の成果を試すものだから。それに中学や高校の部活じゃないんだ。楽しければいいのさ」

「君の大人っぽい解説は聞き飽きたよ」

私は抵抗するように言葉を返した。驚いたことに別の二チームが次の試合のために待っていた。

「おい、きりが無い。行こう」

私を促すと東屋はベンチから腰を上げた。

通りに出ると、向かい側に『二十四時間営業　ラーメン　うどん　ハンバーガー自動販売機』という文字が見えた。タクシー営業所の横にあるプレハブの建物の看板だった。

「あのさ、ちょっと小腹がすかないか？」

私の思惑を見透かしたように東屋が言った。

「……あんだけ食べておいて、正直に言うのは恥ずかしいけど、確かにちょっと何か食べたいような気がする。デザートのケーキ、食べときゃ良かったって、さっきから思ってた……。けど、金、ないんじゃないの?」

「小銭ぐらいあるよ」

そう言うと東屋はポケットから小銭入れを取り出した。

「百円玉が何枚かあるよ。何か食えるだろう」

ポケットに小銭入れを戻すと、プレハブに向かって東屋は先に歩き出した。

店内には十台ほどの自動販売機があり、半分は飲み物を、残りは食べ物を販売していた。自動販売機が並ぶ壁側の反対にはプラスチック製のテーブルと椅子が置かれていた。

「なに食う?」

小銭を手のひらでちゃらちゃらと弄(もてあそ)びながら東屋は尋ねた。私は前々から気になっていたハンバーガーの自動販売機を指さした。

「これ、かな……」

「よし、金を入れるからボタンを押しな」

『二百円』と書かれた投入口に東屋が百円玉を二枚投げ入れた。私は赤いランプが点(とも)

った『チーズバーガー』のスイッチを押した。ガタンという音がすると『お待ちください』と記されたボードの上の赤ランプが点灯した。つづけて内部で何やら音がしてきた。

「じゃあ、俺はこれかな」

東屋は『ホットサンド』の自動販売機の前に立つと金を投入し、『ビーフサンド』のボタンを押した。こちらも何やら機械の内部でオーブンか何かが作動しているといった低い音を発しながら動きだした。

ほどなくしてどちらもでき上がった。私のハンバーガーは結構な熱さで、取り出し口からテーブルまで運ぶのも一苦労だった。

いつの間に購入したのか、百九十ミリリットルサイズの瓶入りコーラが二本テーブルに置いてあった。東屋はどこから調達したのかビール会社の刻印が入った栓抜きを手にしていて、よく冷えたコーラの王冠を外した。

「なんだか、長い一日だったたな」

東屋はそう言ってボトルの首を私に向けて少し傾けた。私もボトルを手にし、東屋のボトルの首に軽くぶつけた。

「……そうだね」

チンッと心地よい音を立てたボトルは、熱帯夜の空気に触れて、表面にうっすらと水滴をまといつつあった。二人してごくごくと音を立ててコーラを飲んだ。

「……やっぱり、僕はまだこっちの方がうまいよ。高いシャンパンをご馳走になったんだろうけど……」

東屋は笑みをこぼしながら小さく頷いた。

「さあ、冷めないうちに食べようぜ」

東屋はちょっとすました声でそういうと、ホットサンドの銀紙をはがし、頬張った。

「なるほどね、コンビーフと辛子マヨネーズって訳か」

一口かじると、東屋はそう言いながら銀紙をさらにめくった。

「ちゃんと焦げ目がついているから、容器ごと電気オーブンで焼くんだろうな。そっちはどうだ?」

私は紙製の箱を開いた。中には油紙のような包装紙でくるまれたハンバーガーがあった。両手でもってみると、しっかりと熱かった。かじってみると、中まで温まっていて、熱せられたケチャップが口の中に広がった。

「うん、うまい」

「じゃあ、ちょっと交換しよう」

そういうと、私に銀紙に包まれたホットサンドを差し出した。私は容器ごとハンバーガーを東屋に差し出すと、返す手でホットサンドを受け取った。互いに一口ずつ頬張ると、また交換した。

「……そっちの方がうまいんじゃない？」

私は素直な感想を口にした。東屋は苦笑を漏らすと答えた。

「多分、パンを焼いているからだと思うね。そっちのハンバーガーは電子レンジで温めていると思う。自動販売機の値段は、そっちの方が高いと思うよ」

「機械を食べる訳じゃないからなぁ……」

そのまま二人して黙って食べつづけ、三分も経たないうちに食べ終えた。

「ひと心地ついたな」

「……うん、そうだね」

東屋はちらっと私の顔を見ると、すぐに窓の外に視線をそらし、ちょっと間をあけた。そしておもむろに言った。

「あのさ、この前、俺の部屋にお前が来たときに、色々と話をしただろ。あの後、少し考えたんだ、俺なりに」

私は黙って東屋の横顔を眺め、続きの言葉を待った。横から見る東屋は、長いまつ毛が目立ち、うっすらと汗をかいていた。

「でさ、もうちょっと頑張ってどこか大学付属の高校を狙おうかなって……。普通は内申が良くないと難しいんだけど、調べたら学校の方針で不問のとこもあってさ。そこ、目指そうかなって思ってる」

「……そっか」

そう答えるのがやっとだった。二人してしばらく窓越しに夜空をながめ、黙っていた。

「なんだか、ちょっとの間に、えらい差をつけられちゃった」

ふいに私の口から言葉がこぼれた。

「……まあ、お前は色々あったから……」

「……正直に言うと、小川とのことが無かったとしても、多分、何にも考えなかったと思う」

東屋は小さく首を振ると「そんなことない」とつぶやいた。そして言葉を足した。

「なかなかなぁ……考えるっていっても、難しいよな……、俺も得意じゃない」

「でも、ちゃんと進路について考えてんじゃん」

東屋は「バカ言え」と言ってため息をついた。

「無理やりだよ。お前と話をして、それからずーっと引っかかってたんだ。なんで、俺は高校行くのにこだわってんだろうって」

東屋は空になったコーラの瓶をテーブルに置いたり、取り上げたりしながら、言葉を続けた。

「で、『困った時は紙に書け！』っていう祖父さんの教えに従って、あれこれ書き出してみたんだ」

「……ふーん」

東屋はちらっと私の顔を見た。普段なら「お前の顔、こんなだぜ」とからかいの言葉の一つも口にするところだろうが、すぐに手元のコーラ瓶に視線を落とした。

「祖父さんから良く言われたんだ……『頭で考えようって思っても無理だ。誰かに話を聞いてもらうか、何かに書きだすとかしないと。そうでないと、頭は回ってくれない』って。まだ、俺が小学生の頃の話だぜ、笑うだろ？　夏休みの読書感想文に何を読もうかな？　っていう軽い相談だったんだけどさ、俺にしてみれば……。そん時にさ『読んでみようって思ってる本の名前を書きだしてみろ』って……。変なとこだけ、スパルタだったよ、祖父さん。そん時に、山ほど文房具を買ってくれたから、うちには使ってない大学ノートがどっさりあるよ。それ以外にも画用紙とか、便箋とか、方眼用紙とかね。模造紙まであるよ。学校みたいだろ？　色鉛筆とかマジックとか……。で、まあ、その教えを思い出しながら未来年表を作ってみたんだ」

「みらいねんぴょう？」

あまりに意外で、私の声はひっくり返っていただろう。けれども、東屋はまったく気にした様子もなく話し続けた。

「ああ、小学生のころに何かの授業でやっただろう？　あれだよ。大学ノートに線を引いて、十五歳の今年から一年刻みで、とりあえず六十の還暦まで。昭和百三年だよ、俺たちが還暦の年って。ちょっと笑っちゃった」

「……つくづく、偉いよね……。そんなこと、僕は思いつきもしない」

東屋は小さく頷いた。

「……俺も、なんでかは良く分かんない……、急に思いついたんだ。きっと祖父さんに耳にタコができるほど聞かされたからかなぁ……、『書け、書け』って。自分でも、ちょっと驚いたよ。でも、線を引いて、何年とか、自分の歳とか書いたところで、止まっちゃったんだよね。そっから先は何も書けない」

「でも、話してたじゃん、お祖父さんの跡を継いで、四代目だっけ？　もう一回『東屋一家』を立ち上げるみたいなこと」

東屋は手にしていた瓶の飲み口に下唇をあて、小さく吹いた。『ぷぉーっ』と間の抜けた音が、二人きりのプレハブ小屋に響いた。

「……うん、そうなんだけどさ……。で、一応、三十五で一家再興って言うのは書いたんだ」

「へぇー、僕たちが三十五歳になるのって、何年なの？」

「二〇〇三年……」

私は思わずうめき声を漏らし「二十一世紀か……」とつぶやいた。

「だろ？　そうなんだよ、二十一世紀なんだ。三十二歳で二十世紀は終わり。ノストラダムスの大予言通りだとしたら、俺たちの人生は三十ちょっとで終わるんだ」

思わず私は噴き出した。東屋も口元に小さな笑みを漏らし、フンと鼻を鳴らし「バカにしてんのか？」と言って私の肩を小突いた。

「だってさ、君の口から『ノストラダムス』が出ると思わなかったから……」

「冗談で言ってるの！　でさ、話を戻すと、それ以上、書き進められなくてさぁ……、祖父さんが居たらなって、つくづく思ったよ。多分、生きてたら相談したと思うから……」

何と相槌を打てば、東屋の気持ちが軽くなるだろうかと思ったが、実際には何も言えず、私もコーラ瓶をぷっと吹いた。『ぽわぁ』と瓶が鳴った。

「……でもさ、よく考えたら、きっと祖父さんは何も言わないだろうなって、気付いた。せいぜい俺の顔をじっと見て『自分で決めな』って言うぐらいだと思う。……でさ、うーんって、なって……。そのページを破こうかと思ったんだけど、せっかく線を引いたり、あれこれ見出しを書いたのに、捨てちゃうともったいないなぁって……。でさ、せっかくだから、何歳ごろに何をしてみたいか？　とか、どこに行ってみたいか？　とか、何を食べてみたいか？　ってことだけでも書いてみようって思ったわけ」

「へぇー、興味あるなぁ……、君がどこに行ってみたいのかって」

東屋は目だけでこっちをちらっと見ると、コーラ瓶を『ぷぉー』と吹いた。

「教えてやんねーよ。でさ、もうちょっと、寄り道してもいいかなって。もちろん、三十五で一家を構えるって、ゴールは変わらない。でも、そこに着くまでに、もうちょっと稼業以外の事をやってもいいかなって……。そう思ったら、成り行きまかせにしないで、ちゃんと大学に行く前提で高校を選ぼうかなって。高校受験の夏期講習だって、お前からコピーもらったりして、何とかやりくりしてるぐらいだ。稼業しながら大学受験はしんどいだろうとかっていう打算もあってね……」

「……よく、僕のことを『まともな家の子』って言うけど、君の方が、よっぽどしっかりと躾られてると思うね。僕は、何も考えてないよ……」

東屋はちらっと私を見ると小さく笑みをこぼし、コーラ瓶を『ぷぉ！』と吹いた。そして「これ、便利だな」とつぶやくと、言葉を続けた。

「中途半端な躾だと思うけどね……、なんせ俺が一人前になる前に、祖父さんは死んじまった訳だし……。でもね、よく言われた『決めなきゃならない時ってのは、急に来る。そして待っちゃぁもらえねぇ。来た！と思ったら、その時はパッと決めるしかない。だからな、とにかく、これだけは譲れねぇって〝誓い〟みたいなものを決めとくんだ。自分に対する誓いをな』って言ってた。小学生の孫に、難しい事いうよなぁ。でも、何となく、俺が成人するまで見届けられそうもないって、思ってたのかもって……、最近そう思うんだ」

「……君の、その『誓い』って、何なの？」

東屋は私に向き直ると『ぷぉ！　ぷぉ！』と二回瓶を鳴らした。

「内緒！」

私は申し訳なさそうに小さく『ぷぉぉぉー』と鳴らした。

「内緒なんだけど、ひとつだけ教えてやる。『逃げない』ってのは決めてる。絶対に損するだろうな？　とか、面倒なことになるだろうな？　ってことに、これまで何度も遭遇したけど、俺は逃げなかったよ。これだけは自信をもって言える！　……つっても、内申書に『東屋君は何事からも逃げない真面目な性格です』とは書いてもらえないしなぁ……。ま、自己満足なんだとは思うよ、こんな『誓い』」

東屋はコーラ瓶を『ぷっ、ぷっ』と強く短く、何か球技の審判が吹くホイッスルのように鳴らすと、私を指さした。

「さ、お前も何かひとつ『誓い』を立てろ！　俺はお前にひとつ教えたんだ、お前も俺にひとつ教えろよ」

「……何も考えたことがないって、さっきから言ってるじゃん……。急に言われても、無理だよ……」

私はまた小さく『ぷぉぉぉー』と恨めしそうに鳴らした。東屋は『ぷっ、ぷっ』と鳴らし、強く私を指さした。

「ダメだって、いい機会だから、ひとつ決めなって」

「じゃあ、僕も『逃げない』にする」

東屋は『はぁ？』って言わんばかりに口を開けた。

「君の話を聞いて『逃げない』って、いいなって思ったんだ……」

「しんどいぞ、実際にやるとなると。難しそうだったり、どう考えても大変そうだったり、面倒なことが次から次へと、お前に降りかかってくることだってあるんだ。その時にも『逃げない』って言えるか？」

「……うーん、そん時は逃げちゃうかも」

東屋は舌打ちをすると「それじゃぁ、誓いになんないじゃん」と言って首を振った。

「まあ、いいや。じゃあ、お前も『逃げない』が『誓い・その一』ね。自分で決めたんだからな、絶対に逃げんなよ！　逃げるような事をしやがったら、俺様が蹴っ飛ばす」

「なんだそれ。じゃあ、やめる。別なのを考える」

東屋はコーラ瓶を『ぷーぷー』と吹きながら私の顔をじっと見つめた。

どれぐらいの時間が過ぎただろうか。多分、ほんの数秒ほどだろう。その数秒の間に、今日一日の記憶が高速で通り過ぎて行った。きっと熱帯夜に頭がやられたのだろう。

「……『自分で決める』かな……」

東屋は小さく『ぷぉ！』と瓶を鳴らした。

「いいんじゃない、それ。……でも、難しいかもね、意外と」

「……かもね。でも、いいや。『自分で決める』にする」

「へぇー、意外。なんか、ちょっとお前を見直した。でも、自分で立てた誓いなんだから、ちゃんと守れよ、最後まで」

「……なんか、『逃げない』と同じような事かもね、『自分で決める』も……」

　東屋は歯を見せてはっきり笑うと、私の手から瓶を取り上げて、回収用のプラスチックの箱に仕舞った。この辺のマナーの良さは、この不良の不良らしからぬところだと毎度ながら感心する。

「祖父さんから聞いた話を一つ教えてやるよ。俺が小さなころ、プラモデルを祖父さんに買ってもらった。何だったか覚えてないけど、二つあるうちのどっちにするか迷ってて、どちらかに決めなきゃならなかった。祖父さんは俺が決めるまで、黙って待っててくれたけど、その帰り道にこう言ってた。『いいか、最初にこっちだ！　って思った方を選べ。迷うってことは、どっちでもいいってことだ。人間だって動物だ、いわゆる野性の勘ってのがある。最初にこれだ！　って思ったものを選んどけば間違いねえ。もちろん、迷ったっていいさ。迷うってことは、どっちも捨てがたいってことだから、どっちを選んでも間違いじゃないってことさ。人間ってのは、知らず知らずのうちに良い方を選ぶようにできてんだ。だから、後になって、あの時に違う方を選んでたら……なんて、みっともない後悔だけはするな』ってさ。いい話だろ。で『幸運の女神には前髪しかない。来たと思ったらパッとつかめ。でないと、迷ってる間に行っちまうぞ』だって。前髪しかない女神って、どんな頭してんだよって思った。ちょっと怖いよな……パンクバンドのヴォーカルじゃないんだからさ」

「……だね。それにしても、やっぱり、君のお祖父さんに会ってみたかったなぁ」

「俺もたまらなく、会いたいって思うことがあるよ。でも、俺がまだ小さな子供だから、あれこれ話してくれたのかもしれないと、最近思うよ。もし、今、祖父さんに会えたとしても、俺もきっと相談なんかできないだろうし、もし、できたとしても何にも言ってくれないような気がする……。せいぜい『よく考えな』って、ぐらいかなって……」

何か気の利いたことを言えれば良かったと思うが、何もうかばなかった。東屋もだまったまま、椅子の背に体をあずけてじっとしていた。そして、そのまましばらく、二人で窓の外をながめていた。

不意に東屋はサッと私に顔をむけた。その顔は泣きべそをかく寸前の赤ん坊のような表情だった。

「お前の顔、こんなだぜ」

思わず私は噴き出した。東屋も軽い笑いをこぼした。

「さあ、そろそろ帰ろう。けど、その前に運試しだ」

そう言うと一枚の百円玉を指先で弾き、私に放った。慌ててそれを受け取る私を見て小さく笑みをもらすと、東屋は立ち上がった。数台のテーブルには、小さな地球儀ほどの大きさのプラスチックの機械が置かれていた。それは、喫茶店などによく置かれている星占いやおみくじの販売機だった。

東屋は球形の販売機を順に見て回り、「星占いってガラじゃないしなぁ……、四柱推命って、さすがに渋すぎだろ。えーっと、やっぱこれじゃない？」と言って一つを両手で持ち上げた。盗難防止なのだろうか、それはシルバーのチェーンでテーブルの脚に固定されていた。真ん中には大きな文字でシンプルに『おみくじ』と書かれていた。

「じゃあ、まず俺からな」

東屋はそう言って百円玉を投入し「えい！」と声をかけるとボタンを押した。ほどなくして筒状に丸められた紙片が吐き出された。

『お前もやれ』といった様子で顎をしゃくった。私も同じように百円を入れ「いけ！」とつぶやいてボタンを押した。

できた紙片の封を切ろうとする私を東屋は制した。

「これ、中身を見ずに持っていようぜ」

「なんで?」

「だって、つまらないだろう、今日見たって」

「……そうかな……」

東屋は筒状に丸められたおみくじを指先でもてあそびながら「うーん」と唸っていた。自分で提案しておきながら、考えあぐねている様子だ。

「……よし、こうしよう。春休みになったら、どっかキャンプに行こう。で、そこで開けよう。三月の末ぐらいにさ。そのころには進路も決まってるだろうし。奥多摩の方にテントとか飯盒(はんごう)とか、必要な道具を全部貸し出してくれるキャンプ場があるんだ。そこに行って、火でも焚いて、酒のみながら開けてみるってのは、どう?」

「……へぇ、いいんじゃない、それ。そういえば、夏祭りの夜にもキャンプの話をしたよね」

なんだか、うれしくなった。小さなころに『今度のお休みに、お出かけしましょう』と母に言われたときのような気持ちだった。

「俺の予想だけど、多分、全く当たってないと思うね。『なんだこれ! やっぱ自販機のおみくじはだめだ！』って笑うことになるよ、きっと」

我ながら、良いことを思いついたなぁ……といった満足気な表情を東屋はしていた。

「じゃあ、僕からも提案。これ、交換しない？」

東屋は両目を大きく見開き、右の眉をピーンと上げた。すかさず私はその表情を真似た。

「お前の顔、こんなだぜ」

東屋は爆笑し、「お前にやられるとは……」と言った。

「お互いのを預かり合うってことで、どう？」

「ああ、そうしよう」

東屋はそう答えるとおみくじを差し出した。

「絶対に先に見るなよ！」

「分かってるって、君の方こそ先に見ないでよ」

私が差し出したおみくじを指先でつまむと、東屋は上着の内ポケットに大事そうに仕舞った。

その後、くだらない話をしながら東屋の部屋へと歩いて行った。誰もいないと思っていた部屋では、東屋の彼女が待っていた。露骨に機嫌が悪くなる東屋をなだめ、私は玄関口で借りていた服を脱ぎ、自分のものに着替えた。

「ごめんな……」

ばつの悪そうな顔の東屋に私は首をふった。

「なに言ってんの。またね」

これが東屋と交わした最後の言葉だった。

十二

その夏休みの思い出は、その晩を境にふっつりと無くなり、翌日からは自宅と図書館との往復のくり返しだった。ひまを見ては東屋の部屋を訪ねたり、プラネタリウムで待ってみたりしたが、会えず仕舞いだった。

心配をしていた小川とその取り巻きからの仕返しもなく、警察や学校から呼び出されるといったこともなく、九月一日を迎えた。これは、やはりステーキ屋のオーナーが手回ししてくれたお陰だろうか？　などと考えた。もちろん解説してくれる東屋がいなければ、皆目見当もつかない。

九月一日は生憎の雨で、始業式は体育館で行われた。全校生徒が集まっている中に、小川は見当たらず、徒党を組んでいた取り巻き連中もそれぞれ大人しく、自分のクラスの列に並んでいた。

「小川の話、聞いたか？」

整列をしていると後ろから、幼稚園以来十一年間のつきあいがある寿司屋の倅が耳打ちをした。私は無言で首を振った。内心、私とやりあった話かと思って焦っていた。

「族の集会で事故って死んじまったらしい」

「……嘘だろう？」

「マジマジ。ウソ言っても仕方がない。詳しい事は俺も知らないけど、集会に出て新田先輩と二ケツをしていたらしい。で、交機の族狩りにあっちまって、逃げ回っている最中に赤信号に突っ込んで横から来たダンプに撥ねられたんだと」

ヒソヒソと耳打ちされている間に始業式が始まり、寿司屋の倅からの話はそこまでだった。校長は一番の問題児が永遠に登校することが無い事について一切触れず、二学期の重点行事を中心とした訓話を十分ほど話した。つづけて教頭が登壇し、夏休み中に不幸な事故があって、小川君が亡くなりましたと簡単に報告して始業式はあっさりと終わった。

教室に戻る途中トイレによると、小川の取り巻きの一人が小便を垂れていた。私が入っていくと驚いて飛びのき、制服のズボンを小便で汚した。

「……どうした?」

低い声に自分でも驚いた。取り巻きはおろおろとハンカチで汚れたズボンを拭きながら、こそこそと小走りでトイレから出て行った。その豹変した態度を見送りながら、あの日の小川の顔を思い浮かべた。事故と氷川神社での一件とは何の関係もないと思ったが、なんだか私が遠因を作ったような感じがして、後味が悪かった。

ホームルームが終わると担任の梅子に職員室まで来るようにと言われた。さすがに先生方の耳には入ったのかと観念して職員室へ『出頭』した。少し大げさだが、それぐらいの心持だったことは本当だった。

私が顔を出すと、梅子はいくつかのファイルを抱えて私を促し、校長室へと向かった。すでに教頭と学年主任が待っていて、校長と真剣な顔で話し合っていた。私をソファの真ん中に座らせると、四人の教師が取り囲むように座った。正面の校長が真面目な顔で口を開いた。

「君は英語が得意らしいね」

私は怪訝な顔で梅子に視線を送った。梅子は無言のまま、目配せで答えろと指示した。「ええ……」と曖昧に答えると校長が頷き、手元のファイルから一枚のプリントを取り出し、私の前に置いた。

「アメリカに行ってみないか？　交換留学生の話がある。東京都の教育委員会から区を経て、我が校に適切な生徒がいないかと問い合わせがあった。この留学は互いの文化交流を目的としているから、二つ条件がある。一つ目はコミュニケーションがある程度とれること。で、まあこれは簡単だけど英語の成績が上位の生徒で、英語弁論大会などへの出場経験なんかが評価される。二つ目が、何か日本特有の文化について、それなりの指導ができる技量があること。まあ平たく言うと、武道の有段者とか、書道や生け花、茶道などの文化活動で都大会レベルにある者が対象になる」

「担任の川田（かわた）先生と柔道部顧問の服部（はっとり）先生から君を推薦されてね。それと君は長年、中野署の柔道場に出入りしているよね？　で、署長さんに問い合わせをすると真面目であることは間違いないっておっしゃるし、川田先生から現時点で推薦入学等の手続きをとっている学校は無いと聞いているが、それに間違いはないね。ご両親がどこかへ別途お願いをしていて、後になって辞退するようなことは困るから」

教頭が話を引継ぎ、私に尋ねた。私はありませんと短く答えた。

「どうする？　希望するかい？」

唐突な話ではあった。しかし、不思議なことに私は即答した。

「お願いします。希望します」

ソファから立ち上がると、私はこれまでしたことがないほど、深く頭をさげた。よく分からないが、ここで迷ったりしたら、東屋に笑われるような気がした。


その日はそれ以上こまかい話にはならず、具体的なことについては、翌日自宅に教頭と梅子が訪ねてきて、母を交えて話を詰めた。一週間後、都の教育委員と区役所の会議室で面接を受け、あっさりと交換留学生の枠が転がり込んできた。まずは現地の様子を見に年明け早々に二週間ほど渡米し、現地で世話をしてくれる人たちと顔合わせ。正式には三月の卒業を待って渡米し、半年間は語学学校に通い、秋になったら高校に入学する。数回の渡米費用、三年間のホームステイ費、諸々の学費、二年生の夏休みに両親が現地訪問する旅費など一連の費用を都と区が負担するという破格の条件だった。もっとも、成績は常に上位四分の一に入りつづけ、地元の小学校で週一回九十分の柔道教室を開くこと、毎月五日までに近況報告を兼ねたレポートを提出すること、など細かい条件が覚えられないほどあった。

区役所での面接の帰り、引率としてついて来た梅子に尋ねた。なぜもっと優等生らしい生徒ではなく、平凡な私が交換留学生に選ばれたのかと。すると、梅子は少し考えた後に「私が言ったって誰にもバラさないでよ」と念押ししてから答えた。

「あんたは知らないだろうけどさ、夏休みに入る前にお父様が学校に来られたのよ。面談しに……。ＰＴＡの役員でもない男性の保護者が学校に来るなんて、滅多にないじゃない？　私も緊張したわよ。ああ、ちゃんと電話で事前に申し込まれて来られたから、急に押しかけてきたわけじゃないのよ」

並んで歩く私の顔をちらっとみると、梅子は顔を近づけて言った。

「あんたのお父さん、渋くて格好いいじゃない？　モテると思うなぁ……。でさ、職員室の応接コーナーで話をしたんだけど、会うなり私に深々と頭をさげて『倫を家から出してやりたいんです』って言うわけよ。何事かと思ったけど……。一人っ子で、さんざん甘やかしてきて、このままだと良くないと思ってるって。どこか全寮制の高校はありませんかって。それは真剣だったわよ、年下の私がいう事を手帳に丁寧にメモまでされて……、恐縮しちゃった。でさぁ、男前に頼まれたら、頑張っちゃうのよね、私。ほめてくれるかなぁ……あんたのお父さん」

教師として、そういう動機はどうなの？　と思ったが黙っていた。

「ちょうどね、都と区の連携事業で交換留学制度がはじまるって話を、早いうちから耳にしてたのよ。『生きた英語教育研究分科会』って面倒くさい都の勉強会に出ていて、はじめて良かったと思ったわよ。で、それを『私がもらった！』って感じで引っ張ってきたのよ」

「……色々とすみません」

「あのね、そういうときは『ありがとうございました』でしょ？」

そう言って梅子は私の肩に手をまわした。

「私なりに目算はあったのよ。あんたはさ、他の先生方の覚えもめでたいから、うまく根回しすれば、教頭や校長も反対しないって。もちろんさぁ、いたわよ反対する先生も。誰とは言わないけどさ」

そう言いながら「はい、そこ、静粛にぃぃぃ！」というのが口癖の国語教師のモノマネをし、髪を指先でいじりながら「えーっと、えーっと」と口にしてシナを作った。梅子が大嫌いな音楽教師を揶揄（やゆ）した様だ。

「『こういったものは、成績優秀者であるべきでは？』とかって、言うわけよ。まあ、それって普通じゃない？　つまんねーって思ってさ、何か言ってやろうと思ったら、さすがよね、教頭がさ『いや、企画の主旨を考えれば、むしろ極力平均的な生徒であるべきです。それに、この交換留学は現行の行き過ぎた学力至上主義の受験制度に一石を投じることを目的としています。その点を踏まえて我が校からの推薦者を選考すべきです』って。どう？　東大卒の教頭が学力至上主義打破！　みたいなことを言い出した訳よ。みんなシーンとしちゃってさ、笑いを必死でこらえたわよ、私は」

「……その職員会議って、いつやったんですか？」

　私は思わず尋ねた。

「夏休みの終わりのほう。ああ、あんたらは夏休みだけど、私らは仕事があって、普通に学校に来てるのよ」

　梅子は自分の頭を私の頭に押し付けて、グリグリとしながら話を続けた。

「まぁ、中学三年生なんて、みんな不安定で、素行の良し悪しなんて本当のところは分からないんだけど……。誰だって、なんか隠し事があるもんでしょ？　あんただってね……」

　私は首をすくめるしかなかった。

「色々あるかもしれないけど、せっかく決まったんだから、渡米するまでは自重してよ。まあ、その保険として中野警察の署長さんからも推薦を取り付けたんだけどね。なんかあったら揉み消してもらおうと思って」

そう言って梅子はペロッと舌を出した。

「あっ、私が白状したこと、絶対にお父さんに言わないでよ。もちろん、お母さんにもね。釘を刺されてるんだから『私がお目にかかったことは、絶対に倫には伏せておいてください』って。渋いよねぇ、カッコいいよねぇ。私とあんたのお父さんが不倫しちゃっても許してね」

そう言って梅子はガハハと大きな口を開けて笑った。

十月に入って数日たったころ、正式に交換留学生に選ばれたことを知らせる書類が届いた。その日の晩は、母から連絡があったのか、父は夕方には帰宅し、三人で夕食をとることになった。

その年は季節の進みが早く、数日まえから気温が急激に下がっていた。

晩酌を始めた父の前には、小さな土鍋が置かれていた。湯豆腐だ。傍らには細かく刻んだネギと、小さなおろし金が添えられた生姜があった。

父はおろし金を手にすると、生姜をおろし始めた。

「……あのね、これ届いた」

私は留学内示の書類を広げた。父は手を動かしたまま、ちらっと一瞥すると「うん」と言った。

「……ありがとう」

やっとの思いで私は声に出した。

父は黙って湯豆腐をひとつ取り鉢に移すと、たっぷりのおろし生姜とネギをのせ、その上から数滴の醤油を垂らした。数回ほどふぅふぅと息を吹きかけると、口に運び、それを追いかけさせるようにビールを流し込んだ。そして、また豆腐を取り鉢によそいながら言った。

「良かったな」

私は黙って頷いた。

十三

学校で私の留学話が公表された。年明けには下見を兼ねた現地訪問で渡米することもあって、受験勉強中心の生活を送る級友とのすれ違いが多くなる。三ヵ月後から始まる受験シーズンを前に、もはや冗談も選んで言わなければ不評を買うほど教室内はピリピリと張り詰めた雰囲気になり、ぼんやりとしているのは私だけだった。

身の回りの細々とした準備で全く暇という訳ではないが、それでも放課後に取り立ててすることもなく、時間をどうやって潰すのか頭を悩ませるはめになった。足が向かう先は図書館や文化センター、それに中野ブロードウェイ商店街で、それとて毎日通うほどの用事はなかった。例のレコード店は何一つ変わりなく営業をしていた。気が咎めたが、その店に足を踏み入れることもできず、前をコソコソと通り過ぎるのがやっとだった。

本当は東屋の部屋でだらだらとしたかったが、何時行ってみても戸には鍵がかかり、ノックをしても反応は無かった。残念なことに、東屋から部屋の電話番号は教えられていなかった。

あまりに連絡が取れないので、夏期講習で私に忠告をくれた中央中の柔道部員に電話をし、学校の様子を探ってみた。

「あれ、お前知らなかった？　あいつ、夏休みの終わりに傷害事件を起こして捕まったよ。相手は重傷だってさ。それでまあ未成年とはいえ、家裁経由の練鑑送りだって。二学期が始まって以来一度も顔を見てないよ。そう言えば五中の小川も事故って死んだらしいじゃない？」

私は曖昧に答えて電話を切った。日捲りカレンダーの日付が『八』であることを確認して、自転車に飛び乗って新井薬師の縁日へ向かった。薬師の縁日は東屋のホームグラウンドだ。何軒か屋台を回れば、東屋の所在を知る人がいるに違い無いと思った。

公園口から新井薬師の境内に入ると、十月初めての縁日ということもあって、かなりの人出だった。しばらく行くと、釣鐘の前に見覚えのある屋台が出ていた。大勢でにぎわいを見せる中、東屋の屋台は疲れたように見えた。鉄板の前では東屋の彼女がヤキソバをぼんやりと眺めていた。

「すみません」と声をかけると、ハッとして作り笑いを浮かべて「いらっしゃい」と答えた。ちょっと間を置いて、ああっといった感じで私に気がついた。そしてちょっと迷った顔をした後に言った。

「あの人から、あなたが来たら渡して欲しいって、預かったものがあるの」

そう言ってポケットから財布を取り出すと丸めた紙片を取り出した。それは、百円の自動販売機で引いたおみくじだった。

「東屋君は大丈夫ですか？」

私はおみくじを自分の財布にしまいながら彼女に尋ねた。しかし、彼女は下を向いたまま黙っていた。こちらもじっとして待っていると、漸く口を開いた。

「……さあ。私は籍も入ってないから……。詳しいことは教えてもらえないわ」

「傷害を起こしたって聞きましたけど？」

「馬鹿なのよ。相手に大怪我させといて自分はよく無傷だったわ。悪運だけは強いみたい」

女は脱力した表情で呟いた。私は全く信じられなかった。東屋ほどの奴が傷害事件なんかを起こすだろうか？　小川の時も、うまくかわしつつ、適当にあしらったではないか。何か特別な事情があったのではないか……。

呆然とする私に女が「そうだ」と小さく言って、一皿分のヤキソバを差し出した。

「これも、あの人から。一皿分借りがあるからって」

割り箸を添えて出されたヤキソバを手に、軽く頭を下げ屋台から離れた。その生温かい麺から漂う臭いは、夏に味わったものと比べ様もなかった。

人ごみを避けて新井薬師公園に戻り、ベンチに腰掛けて一口食べた。思ったとおりパサパサとした食感だった。ゴミ箱に投げ入れようとしたが、東屋からの奢りだと思うと捨てられなかった。

やっとの思いで食べ終えると、一人の老人が私のベンチに近づいて来るのに気がついた。よく見れば東屋と行ったステーキ屋のオーナーだった。

老人は革ジャンのジッパーを一番上まで閉め、両手をポケットに突っ込んでいた。

「よう、お前さん、確かボンの友達だろう？」

老人は黙って頷く私が座っているベンチの近くに立った。傍らに立つと、あたりを見渡した。

「悪いが、席をずれてくれないか？　どうやらこっちが風上だ」

黙ってベンチの反対側に移動すると、私が座っていた場所に腰を下ろした。そしてジャンパーのポケットから、リレーにつかうバトンほどの太さのある銀色の筒を取り出した。中からは葉巻が出てきた。

「俺にとっちゃあ、こいつは生き甲斐だが、お前さんには毒だろうからな」

そう言いながら葉巻の端をちょっと変わった道具で切り落とした。つづけてライターを取り出すと全体をあぶるようにして温め、それから先っちょに火を集中させた。口をすぼめて深く吸い込むと、ゆっくりと煙を吐いた。なんだかんだで、結構な時間がかかった。煙草だったら、二本ぐらい吸い終わっている。

老人は煙をゆっくりと口で転がしながら、楽しんでいた。吐き出された煙はねっとりしていて、まるでエクトプラズマみたいだった。風上に座る私の方に煙が漂ってくることはなかったが、独特の香りは十分に嗅ぐことができた。

「歳を取ると食が細くなるし、酒も弱くなる。せいぜい、これぐらいしか楽しみがないのさ」

独り言のように言うと、老人はまた煙を吸い込んだ。

「高いんですか？　それ……」

本当はすぐにでも東屋のことを尋ねたかった。しかし、いきなりそんな質問はできない雰囲気があった。

老人はちらっと私を見やると小さく頷いた。

「安くはない。けど、まあ、バカみたいに飲んだり、博打でスルよりは安いわな。葉巻は煙草と違って肺まで入れないんだ。あくまで口先でふかして、香りを楽しむだけ。そうだな……、香りを楽しむという点ではコーヒーに近いかな。軽めとか重たいとか、甘いとか苦いとか……。ワインに近いって言う連中もいるが、俺は賛成しねえ。まあ、これ一本でLPレコード一枚ぐらいは買えると思うよ、値段の話に戻すんならね」

わざわざレコードの値段になぞらえるところに、当てこすりのようなものを感じた。

「ずいぶん高いんですね……」

「こいつはハバナ産で『サンチョ・パンサ』ってもんだ。どうしたことか、ハバナの葉巻には文学からとった名前が多い。そういう気取ったところも含めて味わいなのかもな」

そう言ってポケットから先ほど吸い口を切っていた道具とライターを取り出した。

「葉巻ってのは、こういった道具にも金がかかる。保管するにも温度や湿度を一定に保つ専用の箱を用意しなきゃなんねえ。ヒューミドールって言うんだ。それに細くて短いものでも、楽しむのに三十分はかかる。こいつなら一時間は余裕でもつよ、吸い終えるまでにな。つまり、そういった無駄なことに使う時間がある人間だけの贅沢なんだ」

だまって見つめる私に深く頷くと言葉を続けた。

「ちなみに、こいつはシガーカッターって言って、吸い口を作るためのもの。で、こっちは葉巻専用のライター。どっちも年代物の舶来品で、今どきはなかなか手に入らない。おっと、自慢じゃないぜ。これはボンの祖父(じい)さんの形見さ。亡くなった時に、俺が預かったんだ。ボンが一人前になって『四代目あずまや』を掲げて、一家を再興したら渡してやるつもりなんだ。それまで大事に預かってんだ」

曖昧な相槌を打って様子をみていたつもりだったが、だんだんじれったくなってきた。不意に私の口から言葉がついて出た。

「……あの、東屋君は大丈夫なんでしょうか?」

老人はすっと目を細めた。視線をじっと正面に向けて、公園の遊具に没頭する子供たちを見つめていた。

「俺も色々と動いてみたんだが……、ちょっと、どうにもならねぇ」

「傷害をおこしたって聞きましたけど……」

「……ことの次第はよく分からんが、執行部の遣いをさせられたそうだ」

そう言うと老人は、小川がいた暴走族と関係があるという組の名前を言った。

「あれは確信犯だと思うよ、執行部の連中の。ボンともめた族のケツ持ちしてる組に遣いにやるなんて……。もちろん、俺が話をつけた代貸は手綱を引き締めていたさ。だから事務所の中じゃ、何にもなかった。けど、帰り道に待ち伏せしてたらしい……。族の集会で死んじまった小川とか言う奴の兄貴分が。ああ、まだ杯をさげてもらってないハンパ者さ。ようするにチンピラだよ。そいつが刃物でボンに切り掛かった。当然、ボンはよけた。二人してもみ合ってるうちに、チンピラは自分でドスを太股に刺しちまった。実際はそんな話らしい。幸い命に別状はないって話だが……。何にしたって悪意を感じるよ、あんな所に一人で遣いにやるなんて……。執行部はどうにかしてボンの進学を邪魔したかったんだろうな。これからの時代、どんな商売をするにしたって学問は必要だってのによ。それに可哀想だ……、青春真っ盛りを鑑別所で過ごすなんて」

私の頭に自販機の前で進学の夢を語る東屋の横顔がよぎった。

老人は深くため息をつくと、言葉を続けた。

「……話しかけておいてなんだが、あんまり深入りしちゃあダメだぜ。ボンは若いとはいえ本職だ。何だかんだ言ったって堅気じゃねえ。上が白と言えば、黒でも白という世界に入ってるんだ。だから、理屈や損得で動くばかりじゃあないってことさ。それにこの稼業は親の何とかが通用しねえ。実績を積んで、自分なりに信用を積み上げて一人前になるもんよ。さっきは柄にも無く可哀想だとか言ったが、別の見方をすりゃあ男の貫目を上げる修業を若いうちから積んだと思えばめっけモンよ」

ぼそぼそと言い訳をするように言葉をこぼすと、葉巻を咥えたまま老人は立ち上がり、歩き出した。数歩行くと首先だけで振り向き、か細い声で言った。

「坊主、ボンと関わるのはこれっきりにしな。ボンのためにもよくねえよ。お前さんみたいな、育ちの良さそうな坊主が近くにいちゃあ、道を極められねえってもんだ」

老人はそう言うと、足早に公園から出て行った。公園の出口には黒塗りの高級車が停まっていた。老人は、丸刈り頭に紺色の作業服を着た若い運転手が恭しく開けた後部座席に収まり姿を消した。

大急ぎでやってきた往路とは正反対に、帰りはとぼとぼと自転車を押して家路についた。部屋に入ると東屋の彼女から受け取ったおみくじを財布から取り出した。よく見れば、すでに開封されていた。

広げてみると『大吉：これまでの努力が結実。好機到来。迷うことなかれ』と書かれていた。大吉の部分には青いインクで波線が引いてあった。おみくじは紙が薄く、ところどころに裏から染みだした青いインクがぽつぽつとあった。裏を見てみると走り書きがあった。その字はプラネタリウムのチケットに添えられたメモで見たものと一緒だった。

『ごめん　春休みのキャンプは無理っぽい　大吉！　良かったじゃん　きっとうまくいく　ガンバレ　東屋』

私は机の引出しの奥にしまっておいた東屋のおみくじを取り出し、意を決して封を切った。

大凶と大文字で記された下には、次のような言葉が並んでいた。

『いさかいに巻き込まれる恐れあり。危急存亡。くれぐれも自重せよ』

どれぐらい、その紙切れを眺めていただろう。気が付くと机の上に私のものと東屋のそれが並べてあった。机の前に座った私は頬杖をつき、二枚の紙切れに視線を落としていた。なぜだか、東屋が記した青いインクは、ところどころ滲んでいた。

十月の終わり。ホームルームで学級委員を務める寿司屋の倅から提案があった。『タイムカプセルをみんなでやろう！』というものだった。すでに大半のクラスメイトには根回し済みだったようで、その場で賛成多数で可決がされた。手回しの良いことにすでに用意されていた封筒、未来の自分に宛てるメッセージカードなどが配られた。三日後までに各自準備をし、封筒に詰めて持参するように言い渡されて閉会した。

自宅に帰るとしばらく思い悩んだが、渡米前の処分に困ったものをそのまま袋に突っ込んだ。小川を叩きのめした警棒、東屋からプレゼントされたビニ本、最後に二つのおみくじを重ねて小さく折りたたみ、封筒にそっと入れた。そして厳重に封をした。

翌日、寿司屋の倅の席の隣に置かれた木箱に封筒を放り込んだ。その瞬間に、東屋のことは記憶の彼方(かなた)に追いやった。以来、ずっと忘れた振りをして過ごした。

寿司屋での旧懐の宴は四時間あまり続いた。同窓会やＯＢ会のお決まりコースで、当日参加していない人についての噂話が始まり、異様な盛り上がりを見せた。

クラスメイト以外にも五中同学年や他校で目立った存在の生徒、友人たちの兄弟姉妹や両親、教師や地域の名物親父まで、話題の主役はコロコロと代わった。

寿司屋の店主とクリーニング屋の社長の二人は、地域に暮らしているだけのことはあって、誰の話になっても良く知っていた。もっとも、同窓生に国会議員や高級官僚、医者、弁護士といったエリートは一人もおらず、消息話もどちらかというと、暗いものが多かった。

私達が中学生のころ、地元では教育荒廃が極限まで進み、それを立て直そうとする学校関係者の新しい取り組みが始まったばかりだった。私たちを含めて、勉強のできる生徒はあまりおらず、中野・杉並・世田谷の武蔵野三区で一番平均偏差値が低かった。当然、大学進学率の高い名門都立や、有名大学の付属高校に入学できた生徒は極端に少なかった。

「普通さあ、知り合いのまた知り合いぐらいまで行けば、一人ぐらい有名人がいるのが普通じゃない？　それに比べれば、私らの周りは本当にしょぼいね。まあ、私も旦那も偉そうに言えた立場じゃないけど。しがない町の寿司屋ですから」

「そうだなあ。俺が知る限りじゃあ、林田（はやしだ）っていただろう？　上高田グラウンドの近くにあった自衛隊官舎に住んでいた。親父が陸上自衛隊のお偉いさんの。あいつがやっぱり自衛隊に入って、パイロットになった後、何年前かな、除隊して旅客機の機長になったたって。それぐらいかな、目立った出世話は。あとは、俺たちみたいに親から家業を継いだか、普通のサラリーマンになったか、お嫁に行ったたか。まあ、そんなもんだ」

寿司屋の店主と女将は夫婦で顔を見合わせながら、しげしげと頷きあった。ふと「そう言えば」といって店主が立ち上がり、奥へ下がっていった。しばらくして戻ってくると、手には数冊の実話系雑誌があった。

「中央中に東屋っていただろう、あれが出世したよ」

表紙に続くグラビアページには、大勢の手下に囲まれた東屋が神棚を背負って杯を飲み干す写真があった。見出しには『関東の名門復活。東屋一家四代目襲名』『若きホープ、東屋総長』といった文句が躍っていた。表紙に戻って日付を見ると、十年前の4月号だった。

「直参で執行部入りだって」

雑誌の中の東屋はがっしりとした立派な体格で、髪を後ろに撫で付けて、いかにも一家を束ねる者といった風貌だった。

「今はどうしてるんだ?」

私は雑誌のページをめくりながら尋ねた。インタビューに趣味は読書と答え、愛読書は『水滸伝』とあった。やはり宮沢賢治や芥川龍之介とは答えにくいのだろう。

「死んだよ」

「……死んだ……。いつ」

「三年ぐらい前かな。詳しいことは知らないけど。サンロードの裏路地で後ろから刺されたって。出る杭は打たれるってやつらしいよ。内輪もめだったらしいから」

寿司屋の店主はそう短く言うと話題を変えた。

私は周囲の雑談が盛り上がるのをよそに、東屋の記事をむさぼり読んだ。実話系雑誌にありがちな、多少の誇張を割り引いたとしても、東屋は祖父(じい)さん譲りの昔堅気なスタイルで押し通したことが分かった。その結果、生き急ぐ羽目になった……。私にはそう見えた。

記事には何枚かのスナップ写真が添えられていて、その中にソファに腰掛けて葉巻をくゆらす一枚があった。あの老人から東屋は祖父さんの形見を受け取ったのだろうか。

「どうした。しんみりした顔をして。飲めよ」

寿司屋の店主が私にそう声をかけてビールを注いだ。柱時計を見ると雑誌を手に取ってからすでに三十分が過ぎていた。きっと東屋が今の私を見たら、変な表情をして「お前の顔、こんなだぜ」と言って笑うだろう。

大半が酔いつぶれ、襖にもたれ掛かるか、畳にひっくり返っていた。すでに飲み交わす人数は数えるほどで、その連中も同じ話のくり返し。もはや意識は無いに等しかった。

「酔いたい」と話していた寿司屋の女将は、甲斐甲斐しく皆の世話を焼き、乾杯のときに注いだコップ一杯ほどのビールがいつまでも減らなかった。学級委員だった寿司屋の倅が色々と企画をするたびに、このクラスメイトはいつもその後始末に追われていた。その女性が四半世紀を経て、同じ男の手伝いをすることに生き甲斐を感じているることに感動した。そのすっかり寿司屋の女将らしい立ち居振る舞いの旧友に、タイムカプセルから出てきた警棒とビニ本の処分を託し、一人で店を後にした。

外はまだ十分に明るく、ねっとりした空気が充満していた。通りがかりのタクシーを拾い、ＪＲ中野駅と短く告げて窓の外を見た。運の良いことに、運転手は無口で、その上ラジオも点いていなかった。車が走る小さな雑音だけを耳に、数十年ぶりに目にする中野の風景に見とれた。通り沿いに建つ大半の建物は昔の面影も無いが、街路樹や通りの曲がり具合は、自分の記憶とほとんど一致して、不思議と嬉しい気分がこみ上げてきた。その感覚は何度も再放送で見た、ストーリーもカット割も登場人物のセリフまで知っているドラマを見ている感覚と似ていた。ふと今日が八日であることを思い出し、運転手に行先を新井薬師に変更する旨を告げた。

山門の前で車を降りると、夕涼みを兼ねた参詣客で周囲はにぎわっていた。参道も大勢の人でにぎわい、両脇を固める屋台も繁盛していた。山門をくぐると常香炉に近づき、私はポケットに仕舞っておいた紙片を取り出した。小さく折りたたまれたそれを広げ、線香に近づけた。赤い点がぽつっと浮き出たと思った次の瞬間に炎は大きく広がり、あっと言う間におみくじは灰になった。

本堂を詣でて新井薬師公園の方に向かって歩いて行くと、不意に私の鼻先をソースがこげる香りが掠めた。漂ってきた方向に目をやると、そこにはヤキソバの屋台があった。香りにつられるように屋台までふらふらと辿りつくと、鉄板からはゆらゆらと湯気が立ち上り、中では若い男が器用にコテを操っていた。

「お客さん、タイミングばっちりですよ。もう少しで、日本一うまいヤキソバができあがるところですから」

短く刈った頭に細く捻った手ぬぐいの鉢巻をしめ、半纏を羽織った古風なスタイルの若い男は満面の笑みを浮かべながら、ソースをまぶした麺を器用にかき混ぜていた。その半纏には『四代目あずまや』の文字があった。

「渋い半纏だね」

私はそう問いかけた。若い男は小さく頷きながら、ステンレスの容器から桜海老と鰹節、それに青海苔を取り出し、満遍なく麺に振りかけた。

「この半纏はね、ちょっとやそっとじゃ手に入る代物じゃありませんからね。なにせ、もうこいつを下ろしてくれるオヤジがおりませんから」

そう言いながら、男はコテ先で麺を小分けにすると、プラスチックの皿に盛り付けた。

「おひとつでよろしいですか？」

「ああ、美味かったらお代わりするよ」

そう答えた私は五百円玉を取り出し、若い男が差し出した小皿と引き換えた。

「ありがとうございます」

その声は澄んで明るかった。

ヤキソバは数十年前に夏祭りの夜に食べたものと同じぐらいにうまかった。寿司と酒で満腹のはずが、気が付けば一気に食べきっていた。

「どうです、うまいでしょ。うちのオヤジの直伝ですからね」

そう答える若い男の屋台に、裏側から一人の中年女性が入ってきた。「いらっしゃい」と小さく言いながら、若い男の足元にあったバッグを拾い上げた。

「悪いけど母さん先に帰るわ……。どうにも、調子が悪いから」

そう若い男に耳打ちをすると、女はそそくさと屋台から出て行った。その横顔は間違いなく、夏祭りの夜に屋台を手伝っていた東屋の彼女だった。

「お客さん、大丈夫ですか?」

若い男は少しばかり驚いた顔で私に問いかけた。自分でも頬に涙が伝っているのは分かっていた。

「……ああ、大丈夫」

「本当に大丈夫ですか？　お客さん、こんな顔ですよ」

そう言うと、若い男は眉をひそめ、口の端を下げながら、難しそうな顔をした。思わず私は噴き出した。若い男も表情を弛めると、ヤキソバを一皿さし出した。

「どうぞ。おかわりでも食べて、元気出してくださいよ」

「おごりかい？」

「ええ、なんか、お客さんには、遠い昔に借りがあるような気がしますんでね……」

笑いながら手元の鉄板を分厚い絞りタオルで拭いながら若い男は答えた。湯気をあげている鉄板は、鏡のように磨き上げられていて、精悍な若い男の顔を映していた。

鴨川食堂

柏井 壽

ISBN978-4-09-406170-3

鴨川流と娘のこいし、トラ猫のひるねが京都・東本願寺近くで営む食堂には看板がない。店に辿り着く手掛かりはただひとつ、料理雑誌『料理春秋』に掲載される〈鴨川食堂・鴨川探偵事務所――〝食〟捜します〉の一行広告のみ。縁あって辿り着いた客は、もう一度食べてみたいものに出会えるという。夫の揚げていたとんかつを再現したいという女性、実母のつくってくれた肉じゃがをもう一度食べたいという青年など、人生の岐路に立つ人々が今日も鴨川食堂の扉を叩く。寂しさも辛さも吹き飛ばす、美味しい六皿をご用意しました。京都のカリスマ案内人、初の小説！